U0068189

輪迴

饒蕾 —— 著

獻給我的母親：鄭稚鶯

寫在前面

　　假如你有一顆好奇心，假如你懷揣人性的悲憫，假如你正在叩問人生的本真，假如你在尋求藝術的美感，這些詩歌就屬於你。你的感動和共鳴，就是詩歌的棲息地，也是我詩歌寫作最好的獎勵。

　　我一直感激詩歌。在追求事業之外，享受生活之餘，詩歌給我一種嶄新的體驗，讓我有機會用文字做另一種創造。我喜歡做試驗。這可能因為化學是我的專業，職業培訓有一種嘗試精神。這也許只是我的天性。我見什麼都好奇，做什麼都著迷，試驗是我個性的一個默契出口。詩歌創作是我的一種試驗，它為我提供了巨大的試驗現場。創新是樂趣，我不喜歡重複別人，也不喜歡重複自己，乏味的事兒無法吸引我的注意力。於是我在詩寫路上跌倒爬起，嘗試各種道路，並且樂此不疲。

　　收錄在詩集《輪迴》裡的詩歌，在十二個輯子中到處留下我試驗的痕跡。例如／／我俯身拾起／範德比爾特家族奢華的往昔／就像拾起恐龍曾經在廣袤大地的奔馳／或者古羅馬擁有的興盛與衰落／／（《輪迴》）給我一種自由又遼闊的美感。又如／／根在飛翔，坐在一個詞上／有村莊的形狀／／（《尋根》）給

我以靈動的趣味。在《前世》結尾的一句詩，／／我的心動了一下，握緊不安的河泥／／，在淡淡的憂傷裡分享著濃濃的情感和美好的人性。這類例子比比皆是，靈動的美，氣場的美，情感的美和人性的美遊走在詩句之間，做我文字試驗的新產品。我很珍惜這種美，這種靈氣的到來，它們像初生嬰孩一樣給我希望，給我新鮮感。我感覺詩歌寫作的天地無限廣闊，我宛若一個剛學會走路的孩子，蹣跚著走向前方，欣喜油然而生。

推開門，看詩，寫法頗多，流派四溢。有時兩個流派對峙，像美國的民主黨和共和黨競選總統一樣，鬧得沸沸揚揚，不可開交。我的試驗心理讓我對眾多流派相對包容。我尊重任何流派的存在，當然我有品味，有喜好，暴力的色情的齷齪的詩歌不是我的菜。我選擇喜歡的流派嘗試了兩種寫法：意象詩和口語詩。我認為這兩個流派都有優秀的詩歌，也都有不太出色的詩歌，各有所長。根據詩歌的內容不同可以選用不同的寫法。我發現詩歌不僅和其他文學一樣需要構架內容、抒發情感，而且承擔著語言創新的使命，擁有對靈氣和美進行探索和革新的使命。意象詩更容易承載多維的內容、婉約的情感、文字的創新和跳動的靈氣。這

類詩歌詩意生動活潑，情趣盎然，湧現出許多優秀詩歌。但是意象詩的門檻較高，對詩人和讀者都要求有豐富的想像力。意象詩給人以新鮮的感受，多數詩歌的內容不難理解，但也有些詩歌深奧、晦澀、不易懂。口語詩更容易表達通俗易懂的內容和情感，但是語言創新和詩意靈氣對口語詩是個挑戰。口語詩好似平常文字，分行即可成詩，其實不然，一不小心就流落成口水詩，結果作品毫無詩意。因為門檻低，口語詩的作品量相當可觀，但是好詩鳳毛麟角。優秀的口語詩能用平常的語言把內容、情感、創新和靈氣完全呈現給讀者。我的詩歌主要是意象詩歌。意象詩的美感和靈動讓我著迷。這類詩歌在「輪迴」「夢裡尋她千百度」「我的名字在羅馬尼亞流行」「季節的旁白」「時差和生物鐘」等輯子中隨處可見。我也試著寫一些口語詩。「飛機上的人生」和「公司改革素描」這兩組詩裡有幾首口語詩。我感覺口語詩比較容易確切地敘述事件。如何在敘事的同時，不丟失詩意和美感，是寫口語詩歌的難度。我感興趣繼續探索。

我的詩歌寫作試驗沒有停留在詩歌流派上，而是延伸到詩歌的長與短。長詩和短詩是互補的寫作方法。我一直寫短詩。短

詩適合靈感寫作。靈感一閃，詩句沙拉拉地落在紙上，一首詩通常可以瞬間完成。詩歌的內容簡單明瞭，短小精悍。長詩則不然，容量大，跨越的時間和空間都比較大，需要一股持續的氣場，才能完成。有時寫到一半，被雜事所斷，再提筆心境和情感已不如故，詩歌很難在既有的軌跡上走完自己的路。這本詩集收集了我幾首較長的詩歌，例如《山色朦朧》《長調》等。它們是我練習長詩寫作的開端。除此之外，我還嘗試了寫作心得，例如「《變》是詩歌創作的源泉」和詩歌評論「評非馬的詩《功夫茶》」等文體創作。

我用詩歌寫情感、寫生活、寫工作、寫觀點，也寫多彩的大千世界、社會現象和自然風光。我筆寫我心。無論是我的故事還是我看到的故事，詩裡的性情、思想、情感、體驗和感悟都是我的。每一首詩都是我被感動之時，抒發的真情實感。然而，每一首詩的內容和情感，又有人性的共性，情感的共性，時代的共性，能和讀者產生不同層面的共鳴。自從寫詩，總被問及「詩觀」。起初，我認為我的詩觀是「用美好、愛心和哲思點亮世人的心」。現在，我認識到這個詩觀更像詩歌寫作的目的或者動

力，不是對詩歌的看法。於是我有了新的詩觀：「詩歌是心靈的舞蹈。它是文學，也是藝術。詩歌的靈感來源於外界的詩意和詩人內心的情感、情操、閱歷及智慧的共鳴。詩歌承載著詩人的情感、情懷和境界。它因情而生，因韻而流暢，因境界而昇華，為美而存在。」

《輪迴》是我的第三本詩集，繼《遠航》和《晚風的絲帶》之後。詩歌的追求是無窮盡的，只要一首詩歌落地，即使它是最好的，也只是一個新的詩歌起點，成為被未來超越的目標。我期待不斷提高，嘗試新的內容、新的角度、新的技巧來記錄自己感動的時刻，記錄人生的所見所聞，記錄大千世界的沉浮。我衷心感謝鼓勵我寫詩歌的老師們，感謝眾多喜愛我詩歌的詩人和讀者們。我希望《輪迴》裡的詩歌能給你美的呼喚和詩意的暢想，能滿足你的好奇，也和你一起探討生命的本真和情感的依託。

饒蕾
2019年2月27日於飛機上

目次

夢裡尋她千百度

季節的旁白

和平，那些美好的

輪
迴

輪迴

季節依然在輪迴，獨立於

任何人的存在之外

積雪告別的淚水浸透大地

新綠笑聲一樣升起

憂傷，快樂，人潮

在空氣中彌漫又消散

鳥鳴準時把琴音掛滿枝頭

哈爾濱，長春，休斯頓，新澤西

數不清飄落在舊日的雨

痕跡不再圓滑清晰

紐約富麗堂皇的中央火車站

是我今日的座標

我俯身拾起

範德比爾特家族奢華的往昔

就像拾起恐龍曾經在廣袤大地的奔馳

或者古羅馬擁有的興盛與衰落

在一輛北去的列車上
把它丟在風裡
前方，有更深更遠的奧秘

（2015年7月17日。發表在《詩選刊》2017年第1期，
入選《2017北美中文作家作品選》）

黃花甸（組詩）

黃花甸

這是一個抒情的名字

祖先遠自山東的足跡
落在這裡了
第一壟開出的田
第一間搭成的茅屋
落在這裡了
第一聲歡呼
第一聲歎息
也落在這裡了

時間已遠，傳說很近
遍地黃花，隔著時空
流入我的血液，無形又有形
黃花甸
是祖先脫口而出的一個嘆詞
竟在異鄉生出根了

（2015年10月12日，發表在《中國詩人》2018年第5卷）

尋根

根在飛翔，坐在一個詞上
有村莊的形狀

在太平洋彼岸，我鋪開地圖縱隊
世界的，中國的，遼寧的，岫岩的
比例尺依次向靠近增長
可我仍然摸不到你遙遠的影子
光顧21世紀偵探，請出百度搜索
黃花甸鎮終於露出了你的馬腳
黃花甸村啊，一個醒目的名
站在鎮中心的大道旁

第一次相遇，竟然在屏幕上
是甜，是鹹，是熱，是涼
黃花甸，你那麼小，像一粒小小的米
餵養了我的前世，餵養了我的親娘
……
有一天，我要跨過千山萬水去看你

就像去探望我從未相逢的故鄉
不為別的，我只想親近你
千百年來泥土散發的芬芳

（2015年10月14日，發表在《中國詩人》2018年第5卷）

素描

你的素描都藏在文字裡了
像一本家譜
許多人許多事都忽然活動起來了
世代匍匐在土地上的男人們
自己做火柴做香皂的女人們
上樹掏鳥蛋
在西河裡喝蝌蚪的孩子們
那麼遠，又那麼近
敘述著似乎和我毫不相干
卻又密切相關的故事
如煙的往事
霧一樣飄過視線

這些都是你的，黃花甸
但是，這些也都是我的

「八山半水一分田，半分道路和莊園」
黃花甸，這就是你了
我默默地端詳這些文字
哪裡是你的山？哪裡又是水呢？
田都種了些什麼？
莊園裡又住過誰呢？

我一遍又一遍的思索
不知不覺落入迷宮裡去了

（2015年10月，發表在《中國詩人》2018年第5卷）

東山

東山一定佇立在東方

漫山紅是早春的天使
像太陽，用絢爛的熱情把村莊照亮

美是一聲聲呼喚

孩子們應聲遍佈山梁

隨後破土而出的野菜

吸引著山村的女人

刺目芽、婆婆丁、猴爪子、雞褲腿

怪名字的野味擺上各家炕琴

飄起陣陣歡快的熱浪

金秋的主角是山梨、山楂

山裡紅、榛子、板栗和山核桃

山貨經過巧手加工

又在春節以不同形式登場

兔子、鴿子與野雞是溫柔的

面對野豬、蛇和狼的兇狠

黃花甸有東北漢子的粗獷

純樸的過去和摩登的現在竟然一樣

美好和風險並存

山裡不僅需要善良，也需要獵槍

東山像泰山、黃山、廬山和華山般雄偉
或者它只是一個小小的山崗？

（2018年7月2日）

西河

哺育黃花的水域叫西河
因為水流在東山以西
還是在「之」字形村莊以西
依然是未揭開的謎底

西河流淌著母親的記憶
養育岸邊的柳樹林
好吃的小蘑菇
綠油油的水芹
養育童年的馬蓮花哨
孩子們紮下的猛子
捉住小魚的喜悅
也養育姑娘媳婦們

石板上洗衣的棒錘聲
嘰嘰嘎嘎的笑聲和小曲兒

西河，你還好嗎
機械化和電子時代的浪濤
席捲東方與西方
是否改變了你的今天和往昔
我的腳步遍佈世界
而我更想接近你
接近祖先灑在岸邊的足跡

（2018年7月2日）

有些事兒是清晰的

有些事兒是清晰的
黃花旬，比如你的名字
捧出了遍地黃花的旖旎
當風兒吹起，我聽見
母親童年的笑聲，一朵朵綻放
宛如打開一個清新的音樂盒

飄出婆婆丁，山裡紅，榛子和板栗
飄出精巧的窗花，通紅的火盆
飄出那個後來成為我母親的小姑娘
獨自倚著門框
沉浸在姥姥教學的書聲裡

有些事兒是清晰的
黃花旬，比如你送給我的禮物
一位像黃花一樣淳樸的母親
於是我記住了山的倔強，水的清秀
記住了岫岩玉，也記住了
你漫山遍野的黃花
儘管你昔日的黃花早已絕跡
她爛漫的微笑啊，年復一年
一直盛開在我的記憶裡
似一首歌兒，又似你的名字
如此清晰，抹也抹不去

（2015年10月17日，發表在《中國詩人》2018年第5卷）

叩門

——寫給女詩人新詩小群

來吧，姐妹們
我已斟滿百合的馨香
拾起散落在草地裡的詩句
化做一片陽光
等你
一起無拘無束地徜徉

輕扣門
小心藏起幾許驚慌
門裡是誰
可有驚濤、細水、柳絲、霓裳
黑暗裡
可有螢火蟲自在飛
把夏夜照亮

（2016年7月27日）

凋零的玫瑰

一抹殘紅，嚥住多少無語
水分漸失的風韻和光澤
頸項不失優雅，浮動綠蔭
結局啞口，淒美如塞外蒼茫

往昔的高腳杯，紅地毯
滿足　驚喜　羞怯　疼痛的目光
霧一樣散去
恰如那些芬芳和刺

我刻意走出三米，回頭望
你含笑。俊秀又矜持
深懂我心海的波浪

（2016年7月20日草，8月30日改。
入選《法拉盛詩歌節》作品集，2018。）

珍惜

舅舅的談笑風生
突然就仙逝了
與癌症搏鬥一年的公公
又匆匆離去
短暫露出清晰的枝條
似冬天的山林

我把溫暖塞入
匆忙啟程的愛人手裡

珍惜吧
我們還有活蹦亂跳的時光
可以利用，可以浪費
我們還有歡笑，還有哭泣
還有奢侈的平凡和傑出
這一切啊
多像夏天的田野，綠油油
依然沒有過期

（2016年1月27日於弗洛裡達至亞特蘭大的飛機上）

故人

他還像以前一樣
替我掃清前方的路
為我把茶斟滿

在人群中我們討論項目
釘是釘，鉚是鉚
一隻小船漸漸揚起白帆

我伸出道別的手
他說「給我個擁抱吧
相見不知又是何年」

（2015年2月11日）

提燈的人

一盞燈，一直亮著
忽明忽暗的光，給世界一個希望
提燈的人是燈盞的影子
也是燈盞的主人
小小的光
被黑暗圍困，又把黑暗照亮

沒有人知道那盞燈
曾經歷怎樣的風雪雨霜
沒有人過問提燈的人
用什麼把微弱的火焰餵養
整個世界盯著幽暗中閃爍的火種
時左時右，時高時低
用平穩和踉蹌畫出執著的曲線
一路播下種子，溫暖和渴望

哦，提燈的人
世界的眼睛是海洋

（2016年3月11日，發表在《僑報》2017年3月24日）

公司改革素描

變

清晨的第一杯咖啡
像往日穿過苦澀的藤
遇到一縷清香
彷彿一切
都未曾發生一樣

好消息壞消息劃過
流星一瞬間的亮
匿跡在不知名的遠方
焦慮勝似秋天的落葉
在眾多面孔上紛飛抑揚

遍地公司突然成了積木
拆開，並起，遷移，打烊
一個浪頭打過來
那麼多魚睡到沙灘上
滿眼都是沸騰的海洋

（2011年10月12日）

成長

一個公司吞下一條大魚

一條三千多人的大魚

一條周遊世界的大魚

令人擔心

她的胃腸

人不過是一枚棋子

被帷幄運籌

身不由己地登場

棋局的變數

點兵論將

（2011年10月12日）

山雨欲來

烏雲囤積，眉頭緊鎖
沉澱的濃墨
是變奏的序曲麼

群山陰著臉，蒼老爬向山脊
迷途的風，東一頭西一頭
綠燈沒站在任何出口

獨倚窗前
用單薄衣衫遮住滿樓狂風
悉心彈落一簇簇小花朵的憂愁

（2013年3月20日。發表在《詩印象》2013年第3期）

春夜，詩意的雨

花朵，潮水的精靈
不知不覺已漫到眼前
匆匆的步履潮濕了
散出春天的氣息

怎麼能忽略呢？
美的誘惑逼真
打開一道豁口
憂傷就是一尾魚

搖起浪花潔白的槳
游遠一江春水
月光流蘇，似詩意的雨
風信子的幽香，時高時低

（2013年4月26日）

一隻鳥飛過

天空上，一隻鳥飛過……
突然，90度地轉折
她，似石，似雨，似自由落體

時間睜大了眼睛——

懸崖、山澗、樹枝、泥潭……
等待她的是什麼？

一河春水浮起她的羽毛
水溫乍暖猶寒，滲入髮根
呼喚血液返青

甦醒無心查點自己的骨頭
只把知覺更深地
浸沒在河水裡

藍天成群結隊，從水面上游來
她的羽翼開始顫抖，淚水如雲
一聲長鳴刺破碧空，只見一隻鳥飛過

（2013年4月26日）

下崗的朋友

走了三十年的路
突然齊刷刷地斷了
山頭依然飄揚著他種下的旗

經年的行囊
不知他如何卷起
我不敢再看他的眼睛

山坡上的花又開了
沒有一絲異樣的痕跡

（2013年4月26日。發表在《詩印象》2013年第3期。
收入《當代千人詩歌》精華卷）

坎坷

跌跌絆絆，險象
攀上懸崖
探索的纜繩，托不住
碰撞之聲滑落

我將自己一瓣一瓣拾起

去吧，淡淡的淚花
舒展你柔軟的枝丫
孕育青松的挺拔，或者
一點寒梅怒放時的魂魄

我本能地摟緊自己
心跳的頻率流入掌紋
我抬起頭來
天空逐漸高遠遼闊

哦，只要心還在

明天就會升起

（2013年5月13日，發表在美國《新大陸》2017年12月163期）

冬夜

多麼幽靜的蒼穹，在冬夜
伸出空曠，攬我入懷
我是大自然的孩子。一切
都消失了，消失了
喧囂，耳語，茫然的白
重要的和不重要的
隱約在夜空深沉的前額
空氣清新酥軟
潛入遠山，綿延更深沉的黛
月光不動聲色，抬走我的呼吸
靜謐浸透肢體，緩緩漾開

寒冷，你來吧，再一次拓開我的心胸
遼闊，浩瀚，似海

（2012年2月12日，發表在美國《新大陸》2017年12月163期）

仰望星空

滿天的星星，請你打開
最純真的星光，調勻心靈之巔的閃爍
讓水源豐沛的銀河
潤濕夜空無聲的蒼茫

小心拾起靜謐的音符
擦亮幽暗。看微風柔軟、娉婷
暗夜的指尖纖細，手中的杯盞
斟滿裊裊幽蘭清香

以遼闊度量遼闊吧，以君子之腹
我要用萬物之靈裝扮你的五角羽翼
凝望星光漫步蒼穹的浩瀚和坦蕩
夜的花邊兒端莊，徜徉在天空之上

我把淋濕的夢擰了又擰
只見星空一閃一閃，出奇地亮

（2013年5月29日）

二十度的陽光

寒流終於撤退
二十度的陽光，滴落奇妙
金燦燦，似細雨
潤入心田。微笑醉了
斜倚綠茵茵的草
草尖滾動一望無際的逍遙

天藍藍，雲悠悠
一泓如鏡的湖水，抿著嘴兒笑

（2013年5月29日）

辭職

提筆，心中依然翻滾著成功的浪花

聽得見水花爆破的清脆

落筆，恰似緩緩合上一本書

黑暗漸漸退出黎明

案幾上資料喧囂，屏幕上數據跳動

不肯做個虎頭蛇尾的人

我把自己埋入持之以恆

直到結尾舉起酒杯，歐美響起掌聲

告別翻開一頁一頁的昨天

淚水落入擁抱的重圍

步出門外，輕鬆忽然像風一樣襲來

我似一枚紅葉，那麼輕，飄過高高的山嶺

（2014年9月12日）

嶄新

一百年，也是嶄新的
因為我從未遇見你
柔輝溢出你的每一個層面
神祕卸到我眼前

在陳舊與新穎的十字路口
每一條路都有我的寄予
哪一條將通向青翠的竹林
哪一條會走向未來的果園

問號在我掌心輕舞，未知
似嬰兒的笑，純潔又新鮮

（2014年10月8日。發表在美國《新大陸》詩刊2017年2月158期。）

夢裡尋她千百度

都江堰（組詩）

前世

我推開文字的門，探望你的故地
枕著2250年前的濤聲
聽潮水一樣的腳步
蕩起夢的漣漪

玉壘山醒來，睜開如茵的綠意
浩浩蕩蕩的勞動號子沉浸東方韻律
一波才落，一波又起
高過最洶湧的洪水
一個姓李名冰的人
托起一輪戰國明月
照亮你的前世
岷江啊，懷抱一顆不羈的心
高懸在成都平原的西北
無視平原終年乾渴
又在汛期肆意，淹沒了它的哭泣

我的心動了一下，握緊不安的河泥

（2015年9月）

孕育

時光在滋長，似蓓蕾
在成都平原孕育
綠油油的農田，吐絲的蠶
碾米的水磨，池塘裡的魚
秦朝統一的大業是一個待哺的嬰兒
酣睡在搖籃裡

滔滔的岷江可是平原的乳汁？
它的距離不遠，難度不近
岷江扣不開玉壘山的屏蔽
渴望跨不過50公里的距離

萬物待興，嬰兒哭泣
我下意識地摟緊自己

（2015年9月）

魚嘴

上溯岷江源頭，下探地形地理
柔美的水，狂野的水，生動的水
如詩如歌，如訴如泣

竹籠卵石，小舟為渡
順應水的天然，無壩引水
書寫東方古國的哲理
就在岷江，就在彎道，就在中流
出現了一個奇跡
魚嘴，一枚精緻的髮卡
束起了岷江的長髮
一縷梳向外，叫科學，赴長江分走洪流
一縷梳向內，喚水利，去成都灌溉富裕

我坐在感嘆號上，陽光一樣甜蜜

（2015年9月）

寶瓶口

無巧就不成書了
不難就沒有英雄用武之地了

奔向成都的水流戛然而止
抬頭望見玉壘山，巍然屹立
開山可是引水之路？
鐵錘鐵釬的時速需走30年的距離

智慧是科學之尺，智慧是時間之箭
智慧把李冰刻入歷史畫卷
有誰數得清多少捆乾柴燒紅了虎頭岩
有誰猜的出多少桶涼水冷卻了虎頭岩
有誰記得每一個民工的汗水
每一把鐵錘的執著，每一把鐵釬的信念
這熱脹冷縮的魔法，竟以八年告捷
整整為中國統一節省了22年

20米的水路是最清秀的少婦

她替自己量衣裁體

走過一個嶄新的地名「寶瓶口」

前往成都，救活搖籃裡的嬰孩

我的心跳動著雄壯的鼓點

一半為了今天，一半為了過去

（2015年9月）

飛沙堰

你是魚嘴堰尾部的靈氣

你靈動優美的流線是張開的羽翼

捎走寶瓶口擁擠的洪流

擦乾成都昔日的淚滴

你把沙石飛向外江的湍流

兩千年如一日

捍衛著都江堰的水域

你的一顆心，盛滿天府之國的歡笑

綠油油的農田，活蹦亂跳的魚

蜀錦，漆器，新碾出的米
都是你收穫的奇蹟

你成就了魚米之鄉
把幸福放入天府之國的懷裡

（2015年9月）

都江堰

都江堰，我在一本書裡細細地讀你
讀今日的你，也讀兩千年前的你
我讀出智慧、理解和自豪
我讀到震驚、幸福和歸屬的魅力

「深淘沙，低做堰」「因勢利導，無壩無閘」
魚嘴，寶瓶口，飛沙堰，三位一體
兩千年前巧奪天工的引水排沙工程
今天依然滋養著成都平原的富足
怎能不令世界刮目相看
怎能不引思念滴落東方的土地

「水是平原最生動的表情」
「水為這裡帶來了天地的靈氣」
東方古國的智慧是含蓄的
包容與柔和散發著經久的凝聚力

我多想一路狂奔去看你
領略先人的才智和大自然的鬼斧神工
可是你那麼遠，相聚遙遙無期

（2015年9月26日於紐約）

西湖記憶

俯身，斷橋拾起一把舊雨傘
傳說的漣漪漾入西湖眼眸
陣陣荷香瀲灩
雷峰塔一路陡峭
居然一直安坐山間

下跪的秦檜，岳飛的墓
一條龍道掬起龍井之水
觀山、賞霧、洗龍臉
品上好的新茶
升仙之心落座農家小院

好個「欲把西湖比西子」
蠶絲綿綿，蘇堤柳煙
小渡輪如今似古
一盤西湖醋魚喚醒了我
晚妝的西湖，欲言又止

這無價的文化淵源
是我的根呢

無聲地潤濕一顆遙居異國的心
宛若琴瑟合鳴的震顫
適合我深品，也適合我淺斟

（2016年6月27日）

青城山

要幽，就要幽得像青城山
披一件從容的綠衫
擁抱日出，雲海和聖燈
守住故土的生機盎然
開啟「道」初上的門楣
敬山敬地敬水
暢飲「清靜無為，健康長壽」
目送道家鼻祖張陵羽化
在爆炸中發明火藥
在平靜裡煉製仙丹
豢養七百六十多種植物
引藥王孫思邈赴約
閒來閱前山，讀《千金方》
興起，遊後山
賞飛瀑秀水，幽林奇緣

要幽，就要幽得像青城山
幽得天然，幽得秀麗，幽得徹悟
幽得入情，幽得入詩，幽得入畫
幽得似綿綿的鄉愁　撥響琴弦

悠悠的琴音走過九千九百九十九裡路
直抵我心靈深處的柔軟
儘管你佇立在大西洋的東岸
我居住在大西洋的西岸

（2015年9月25日）

烏鎮，夢之鄉

夢飄起
是水上的光，是一隻隻烏篷船
畫出烏鎮水域的模樣
夢落下
是優雅的水鳥，一座座別致小橋
把陸地碎片連成四通八達的網
夢在行
槳聲，水花，江南小調
一船遊客，穿著藍印花衣的船娘
夢在走
風聲，雨聲，讀書聲
白牆黛瓦，一彎新月照亮浸在水中的星光

我彷彿聽見小橋上的腳步
踩醒青石板的夢想
我似乎看見流水中撈起河蚌的手
撥響珍珠的合唱
抽絲春蠶，驢皮影，古戲的濃妝
水的街，岸的市，掛在太湖水域的屋簷上

黃河長江是中華民族的乳汁
喜馬拉雅是祖國最高的脊樑
上海是金融和運輸中心
北京是不停跳動的心臟
烏鎮，從未相逢的古鎮，你是誰？
一個謎一樣的夢，你是我的夢之鄉
一串水晶珠鏈
穿起文學繪畫戲劇互聯網的光芒
一襲江南水墨旗袍
在遠方，悉悉索索地響

（2016年12月9日）

夢落在烏鎮上

烏鎮敲醒夢的窗
夢境的燈光在水中蕩漾
靜謐生出夢的形狀
夢的長度是用一個「古」字砌成的
1300年歷史收藏多少古柏新竹
一層層滄桑，一片片新奇把東珊西珊滋養
夢的寬度是用民俗文化鋪就的
民宅官府古戲臺色彩迥異
古床古幣木雕民俗沉澱成博物館的寶藏
論神奇要數夢的深度
丈太淺，裡太深
只能用才子的才氣測量
這塊小小的土地生養161名舉人，64位進士
古有謝靈運、沈約、裴休、陳與義、范成大、茅坤
近有矛盾、木心，留下流淌烏鎮血液的文字、書畫和詩行

烏鎮很小，夢一樣輕
烏鎮很大，祖國一樣重
烏鎮的美是磅礴的，細膩的，還是斑斕的
我的夢落在烏鎮上，這江南一偶

我一直在想，烏鎮和周莊像不像
和威尼斯、阿姆斯特丹一樣不一樣

（2016年12月）

訪山東濟南李清照紀念堂

清照姐，宋朝的船已遠了
你還站在這兒，端莊、秀美、手握書卷
我一靠近，你昔日脫口說出的一闋詞
就在我心中「驚起一灘鷗鷺」

思念被你吟成極致的小徑
每一朵黃花都無法回避你的憔悴
愛情把你熬成曠世藥劑了
一曲《聲聲慢》竟款步千古

漱玉泉吟唱《漱玉詞》的前半部
嗅青梅的少女掩映在竹影中
趵突泉陳述你後半生的「淒淒慘慘戚戚」
一個「愁」字怎托得住國破家破紅顏舊了
坐在一首詞裡，我疼愛你蹙眉不讓的魂
「生當作人傑，死亦為鬼雄」
我順著泉水細細讀你
不知不覺，淚水已漫過五岳之巔

清照姐，尋你無需去宋朝的遺址
你的才氣早已走在時空的前面
我抬起腿去追趕你
成敗都是追求的意義

（2016年9月10日）

古韻北京

那一聲京腔，餘韻的板
潛入誰的心底振顫？
儘管那門藝術我是門外漢
卻依然感動於老北京的字正腔圓

尋一路古跡，追溯時間清流
直抵秦始皇的古長城
中華好漢前赴後繼
雄關巍峨，幾千年

故宮、頤和園、圓明園
歷盡帝王與平民的榮辱
天壇和地壇用虔誠
祈天，祈地，祈國泰民安

街坊是個斑駁的詞兒
胡同藏著文化的內涵

還有價值連城的四合院
更像京韻的叫板，一環扣一環

（2014年6月）

我的名字在羅馬尼亞流行

布加勒斯特 1

我沒有深入，你也沒有淺出
老城精雕細琢的建築
透出你昔日的自豪和明亮
斑駁的牆是一首深沉的歌兒
盛滿繁榮的光環和歲月的憂傷

帝國的宏偉，盡在議會宮的臺階上
文化的細膩，融入織錦、玻璃、陶瓷、雕塑
流淌在登博維察河的身旁

布加勒斯特，歡樂之城，佇立著
超越了肅穆和浪漫的想像

傍晚，一行人疾馳在你的郊外
漫天星光，近在咫尺
半個月亮，掛在前方
微紅著臉龐

（2015年11月5日）

---

1 布加勒斯特是羅馬尼亞的首都。

我的名字在羅馬尼亞流行

「蕾」「蕾」「蕾」[2]，你聽——

人們為我的名字工作
為我的名字節省
為我的名字快樂和煩惱
我的名字是麵包，是香腸，是土豆湯
我的名字是衣衫，是住房
是計程車走過的平原和山嶺

大幅大幅的廣告　閃動著我的名
商店銀行飯店機場　遍佈我的名
我的名字進進出出千家萬戶
在男女老幼的手中口中心中穿行

吃驚的名字，熟悉的名字，親切的名字
我不知道她已經在這居住多少年

---

[2]　「LEI」（蕾）是羅馬尼亞的貨幣的複數單位，單數單位是LEU。羅馬尼亞是歐共體成員，但還不是歐元成員。一旦羅馬尼亞被批准成為歐元成員，蕾（LEI）就將消失，就像法國的法郎，德國的馬克一樣成為歷史。長個小知識。沒想到世界上還有用我的名字做貨幣的國家。在羅馬尼亞，我有我自己的貨幣。

也沒人能預測她還會停留多長時間
我猜不透「蕾」願不願意日夜奔忙
也無處過問「歐元」和「蕾」雌雄怎辨
我只知道在今天，2015年11月1日
我的名字在羅馬尼亞流行

「蕾」「蕾」「蕾」，你聽──

（2015年11月6日草，12月2日改）

曼哈頓 [3]

曼哈頓是一片巨大的摩天森林
可雲可遊可無邊
時間是足跡唯一的界限

行色匆匆，人流如潮
全世界的面孔，比肩接踵
語言有多少種，數是一種浪費
熔爐就是熔爐，集百花各成方圓

走在人群之中，我摸到
孤單和不孤單的界限
故鄉和異鄉的概念模糊
……

這片搖滾的土地
誰是主，誰是客？
大西洋的浪花拍打著自由
回溯幾年，幾十年，幾百年

（2014年5月17日）

---

[3]　曼哈頓位於美國紐約市。

柏林瑣事 [4]

很抱歉，一提起你
就不由我不想起強硬　納粹　戰爭
今天，站在柏林的版圖
你的表情竟如此溫潤　和平
連柏林牆的遺址
也沒發出一絲金屬的撞擊聲

你低調而謙虛的面孔
沒有紐約摩登，沒有巴黎奢華
卻有獨具一格的氣質：
乾淨——
那個偶然相識的德國老大姐
生怕我被淹沒在德語裡
更堅定了我的假設：
人心基本相同——

（2014年7月）

---

[4]　柏林是德國的首都。

班夫[5]，一個老人的夢

這裡的山，不是山
是一個很老很老的老人的夢
當年，一條粉紅色的小裙子
小小的指尖摸過這個地名

一個富有的叔叔
一行李箱上的小字
鬼使神差
牽掛了她一生

她暢想，她渴望，她感歎
誰知歲月是一個不速之客
她懷抱臥床的龍鍾
已無法彌補錯過的遠行

她的女兒，舉著憨厚的鏡頭
捕捉山巒　湖水　積雪的山巔
還有路易士湖費爾蒙城堡酒店的華貴
悉心採集母親從童年到暮年的思念

---

[5] 班夫和路易士湖位於加拿大艾爾伯塔省。班夫國家公園建於1885
年，歷史悠久。

所有的美都化成安慰的底片
帶著女兒的愛和母親幼年的輕盈
飛向一個蒼老的渴望
水晶球穿越年輪，眨著眼睛

（2014年9月）

尼加拉瓜大瀑布 6

你驚起的濤聲載滿鼓點
世界是個永動器

無數水滴，從上游趕來
構成動態明鏡的浩大鋪陳
幾度短途跌宕，浪花和海鷗
互成鏡像，似夢想和現實的影子
卻無力回應序曲的尺度
直到邂逅藍天的超然，馬蹄的胸襟
瀑布才激情飛濺
力量爆發出無懈可擊的彩虹
一覽眾人的驚歎

這就是你了，經久不息地傾瀉
隆重純情地傾瀉，玉石俱碎地傾瀉
滂沱，尼加拉瓜大瀑布
似凱撒大帝的旗幟，火燒赤壁的大場面
每次都能擊中我

6　尼加拉瓜大瀑布位於美國紐約州和加拿大安大略省交界處。

在意想不到的時刻
啟動心智，催我向前

經過壯闊的洗禮，心靈更加純淨
而我愈加渺小，似瀑布中的一滴水
沒有什麼可以自卑，也沒有什麼可以自傲
踩著鼓點繼續趕路，宛若使命在肩

（2017年7月11日）

懷俄明[7] 大草原

你敞開著，青草起伏

蒼茫的歌聲

環繞在我的左右

只一瞬間，我已一無所有

落入你坦蕩的目光

無法溢出

（2014年8月6日）

---

[7] 懷俄明是美國西部的一個州。

哈德遜山谷[8]：七湖路

七顆亮晶晶的星子
飄落哈德遜山間
七個巨大的湖泊
睜開了秀麗的眼簾

一條蜿蜒的山路
穿起七粒透明的水晶
一條會唱歌的項鍊
戴在哈瑞曼山脈的胸前

秋天的山，盛滿哈德遜山谷的璀璨
漫山的紅葉，住進湖水的心
湖畔沙灘上，坐著我數不盡的眷戀
你看，那山，那湖，那蔚藍蔚藍的天

（2013年11月3日。發表在美國《新大陸》詩刊2018年12月169期）

---

[8]　哈德遜山谷位於美國紐約州。

在奧蘭多⁹，收到你的短信

1.

陽光飛翔的時候，我在奧蘭多
我在人聲嘈雜的奧蘭多
一個人，被一座城的熱度和汗滴穿透
我需要挺起胸膛走過日子的午後
你的短信是草帽和冷飲
清涼的影子，滑入滿城棕櫚
寬大的陰涼，在喧鬧中靜靜走過

2.

你的短信吹出北方的風
棕櫚的葉子搖動綠意
剪影落下清晰的筆劃
藍天高歌：沒有冬季的奧蘭多

（2014年2月）

---

⁹　奧蘭多是弗羅裡達中部的一個大城市。

勞德代爾堡 10

2016年1月，我在勞德代爾堡

棕櫚樹的長葉在風中搖

滾滾的海水拍擊著海岸

沼澤地裡藏著鱷魚的巢

藍藍的天空蕩漾著

晴朗的味道

瀟瀟灑灑的陽光

哼著溫暖的小調

一朵朵石榴花

不解北方寒冬的料峭

紅得恬靜，不拘謹也不放蕩

是意外的微笑

（2016年1月29日於亞特蘭大至紐華克的飛機上）[10]

---

[10] 勞德代爾堡是弗羅里達州的海濱城市。

新奧爾良[11]

寂寞的光在法國區的白天遊蕩

法蘭西的視線掛在鏤花鑄鐵的陽臺上

蕭條如斯，可是卡特裡娜[12]撕碎了新奧爾良的霓裳

嘗法式甜甜圈，喝菊苣牛奶咖啡吧，再來一杯賈克斯
啤酒

陳舊時鐘順間甦醒，幾十年的故事流滿街巷

酒店傳出爵士樂，它曾吹散五種語言的驚慌

月牙初上，喧囂突然擠入波本大街

架子鼓小提琴踢踏舞遊行樂隊

街頭藝人唱魔力紅的熱曲，跳傑克遜的登月步

優雅的粗俗的精湛的色情的上演一曲交響

幾位正派老者喝颶風[13]，抽雪茄

青山不老，卡特裡娜無力改變法國區的黑夜

---

[11] 新奧爾良是美國路易斯安那州南部的海港城市。

[12] 卡特裡娜是2005年8月出現的一個五級颶風，在新奧爾良造成嚴重破壞。

[13] 颶風，一種新奧爾良流行的雞尾酒。

我忽然想起雙城記的一句話

「這是最好的世界，這是最壞的世界」

（2016年3月12日）

週末的選擇

這個週末，我們可以停留
法國巴黎，德國科隆
羅馬尼亞的布加勒斯特
但是，比利時的布魯塞爾[14]
是我們最後的選擇
它流著血，機場尚沒啟用

從布加勒斯特起飛，橫跨
歐洲大陸抵達巴黎，再驅車
三小時，途徑大片大片安詳的
油菜花地，前往布魯塞爾
雨下個不停，夜已深
「祝福你，比利時！」
無數種文字、國旗和鮮花
擁抱著你，環繞著市政廳古樸的階梯

給空寂的旅店一點兒活力
給凋零的餐飲業一滴清露
給空曠的大廣場幾個人影
可惜只有這些是我們能做的

（2016年）

---

[14] 布魯塞爾是比利時的首都，也是歐共體的首都。

米蘭 ¹⁵

米蘭是一間藝術工作室

隨便一條街，一棟樓

甚至酒店的犄角旮旯

設計的筆都曾蘸滿思維的落英

弧線飛起來

花園垂笑的陽臺、玻璃門

突然邂逅的壁畫

隨時捕捉我的神情

飯店服務員送來早餐

我竟無法下口

盤中精美的山水

俏皮地笑

一雙調皮的眼睛

在我心底鋪滿深情

（2016年9月11日）

---

¹⁵ 米蘭是義大利北部的一座城市。

維也納[16] 的扉頁

漫天繁星飄落

你流經我

似貝多芬，又似莫札特

斯蒂芬大教堂在訴說

藝術魔力溢滿街頭

一隻無形的手牽住我

僅僅翻開你的扉頁

淒美的歌劇已是滔滔

哦，愛！這支永不停息的歌兒

（2016年4月22日）

---

[16] 維也納是奧地利共和國的首都。

飛機上的人生

老人

我不知道他的年齡

白雪覆蓋的頭頂
已是冬季
滄桑浮動的神情
訴說著什麼

我用手揉了揉眼睛
卻無論如何抹不去
霜葉秋風

蹣跚的小衣箱
在他的手裡袒露著沉重
幾隻年輕的手同時抵達
彬彬有禮；「謝謝，我還行。」
挺拔的語氣似松枝
舉起顫抖的雙臂

我看見一切都在上升
盤古，後羿，一隻翱翔的鷹

孩子

一隻小鳥跳上來

落入我鄰座的位置

空間寬綽起來

小鳥開始歌唱

A BCDEFG……

清脆的字母泉水一樣

意外的弧度令人著迷

我們的交談都是奶油巧克力

語言是蹦蹦跳跳的滑梯

我忍不住訊問他的年齡

他突然認真得像印在書上的鉛字

伸出三個小小的手指

嚴肅地說「請稱呼我老人」

一雙藍汪汪的眼睛望著我

蕩漾著純淨剔透的晨曦

在那回不去的清澈裡

溢出似曾相識的甜蜜

年輕人

亂蓬蓬的頭，探過來
緊隨一臉年輕的陽光
一陣旋風，嵌入座位
手機拍照，頻率高過馬達轟鳴

他從未離開過弗羅裡達家鄉
我請他坐到窗口。一雙渴望的眼睛
流露出靦腆，「你也是學生嗎？」
我笑了「那是很久很久以前的事情」

他的臉一直埋在窗子裡。下飛機時
他成了一隻嘰嘰喳喳的喜鵲
不停地嘰啾：那雲、那光、那飛行
一個陌生人的祝福輕輕落入他晃動的背影

開大貨車的人

他沒帶一件行李
竹竿一樣走來
黝黑的臉袒露出山川的深度

一坐下，他就和我說話
我懷疑我們不是陌生人
或者我更像一片山林，聽他訴說

他去新澤西送走八十六歲的老母
從此，失去一個老家
他笑了笑：「早晚的事兒，這沒什麼」

他把大貨車扔在科羅拉多
那是他母親消息抵達的地方
他現在要去接它

他說他永遠都在路上
不是在這兒，就是在那兒

計程車司機

一出月臺，就見他高貴的笑容
舉著我的名字。紳士，有禮
黑西褲黑皮鞋白襯衫
丟過一句玩笑來接我的行李
「我自己來吧」真不忍心
他那一把年紀。可他堅如磐石
「你只帶這個三明治嗎？」

穿過大風，穿過暴雨，穿過
曼哈頓長週末的高峰期
宛若穿過他人生的顛簸
每天十二小時，縱橫北美三洲
「這樣真的很好，工資是獎勵」
咬一口麵包，他輕鬆地說
「夜晚有家，白天有車」
我卻看見殘葉在風中散去

面對他七十多年的滄桑
我僅能加重的小費，被他拒絕了
人生的河究竟有多深
難道我只趟過淺淺的小溪

比利時戀人

多少有點兒遺憾
一朵靈秀蘭花配一棵粗壯榆樹
清晰的反差，近乎尷尬
他們竟是我A座B座的鄰居
從紐瓦克到布魯塞爾
C座願合上眼簾，還是做沉默霜花

女子柔聲借道，小夥回頭似秒針
「哎，年輕人」，一縷昔日炊煙飄過
驚慌的小夥，尋醫的廣播
我急忙回頭，尋不見姑娘的臉
終於回來，氧氣瓶伴著憔悴容顏
我主動讓C座給方便

小夥子幫女子墊上兩個枕頭，蓋上
兩個毯子，小心調理食品和飲料
在蘭花越來越平穩的呼吸裡
榆樹生出細膩枝葉
聽著身邊輕輕漫過的荷蘭語
我的心頭一亮，路途充滿溫暖

一對老夫妻

「Hello」太太拋來晴朗天空
先生隨後探出一臉陽光
太太把雙腳擔到先生腿上
（在公共場所，實屬罕見）
先生伸手摟住太太的疲倦
（竟然沒有一絲不安）
自然得像一個人切蛋糕
一個人遞盤子
先生從背包裡取出外衣
太太的手是美麗的影子，幫他套上

面對這對七十多歲的老夫妻
歲月似乎只有皺紋沒有滄桑
我不知道漫長的歲月
他們曾遇見過什麼，現在也不必問了
幸福其實並不遙遠
深藏在被忽略的細碎之間

講究的青年

直覺說他是歐洲青年
也許他不是
背頭墨鏡筆挺西裝
背包考究，令人猜測金錢含量
一舉手一投足流出的氣度
令人想起「有範」「瀟灑」「酷」

一位老人緩慢走來
試圖舉起行李
講究的年輕人就在他身旁
卻似乎沒在他身邊
我再看那個青年，依舊講究
卻無力地暗淡下去，失去了光芒

玩手機的年輕母親

我無法不多看那對羊角辮
四五歲的小女孩令人心顫

年輕的母親另有志趣
一路隻把手機屏幕照看
她錯過女兒看雲彩的興奮
忽視女兒喊她不應的遺憾
甚至女兒長途旅行的煩躁
似乎也與她毫無關聯

我不懂這樣的母親
手機比孩子更重要
看著孩子自生自滅的喜憂
我心生出無助的淒涼港灣

只企盼羊角辮逐漸羽翼豐滿
出落成一隻勇敢的鷹
飛過人生的幸福和苦難

走婚老闆

獨資老闆，公司在美國
成功的歲月堆成雙鬢微白的雲片

沒有將軍肚，沒有傲氣凌人
謙和幽默的談吐釋放智慧和空間
比松柏高，比湯姆庫魯斯帥
換成中國眉眼，一定貌似潘安

跨洋飛機是他的週末通勤車
調和一對無法解決的矛盾
捨不得歐洲的妻女
和植根於美國的事業

「十幾年了」他說
「已經習慣」

香港空哥

他一開口，我就想笑
嗲，完全不像個男子漢
他一走路，我不得不扭過臉
目光錯過細高彈簧地彈跳
推來陽光的是食品車
載著更陽光的詞條
「小心手小心腳小心玻璃蓋」
我笑了，似在泰山腳下
笑得如此渺小

羅馬尼亞航班的午餐

那是一盤豐盛的午餐
我記不住有什麼了
唯有各種各樣的乳酪
無法移出視線

不假思索，我對乳酪說「不」
因為華人不喜歡
乳酪不動聲色地望著我
「真的嗎？羅馬尼亞的？」
我的臉一定紅了，熱得撩人
刀叉小心嘗試一點點

我不得不說
有些乳酪也是有故事的
令人回味很遠
正如人生路上
每一扇未推開的門
都藏著一個未知的答案

（2014年10月－2015年12月）

長調

山色空蒙

1

浩大的秋色，已遠了
落葉翻滾
蒼茫的空曠，有雁群飛過

也許，我不該來這兒
邂逅潮落潮起
似曾相識的景色
若沒有我，你會好些麼

2

綿延的山巒，書寫著滄桑
在天際之下，勾勒出清晰的顛簸
那空蕩，那嘶鳴，那執著
碾過我心中的小河
陽光的溫暖多麼善良
哦，請告訴我，我該怎麼做

我祈禱、祝福、沉默
有誰能理解
那無邊的沉默
在訴說著什麼

3

數不清多少次
我似一枚秋葉被吹落枝頭
被卷起，又被拋下
在生命之旅走過跌宕，蕭瑟
可我的心一直豔如春花
高舉生命的燈盞，照亮每個路口
路邊青青的小草啊，多像我
纖弱，渺小，但名字不是弱者

4

在我奄奄一息的時刻
我看見山巒在掙扎
一片片秋葉凋零，退下滿山的秋色
你蒼涼的心跳，是否饑寒交迫

可我怎能救你，以游絲一縷
的呼吸，低垂懸涯的脈搏

一個聲音在大笑
「你失敗了！你失敗了！」
顫動，我的心在生命之弦上摸索
「是的，我可以被打敗。
但我絕不會倒下。
否則，我就不再是我！」

那時，我是一杯苦酒
那時，我是「茅屋為秋風所破」
那時，我豈能和你分享
哦，這空濛的山色

5
我把綠葉放回枝頭
看旭日升起
溫暖會在生命裡徘徊
就像大雁的鳴叫

一切都會好起來
相信吧，只要生命還在
我還會迎著太陽走去
還會為這個世界放歌

（2014年11月20日）

觀荷塘（組詩）

蓮花開了

夏天飄至。幾畝荷塘
撐開碧綠的裙擺，一池蓮香娉婷
陽光的目光恬靜，輕輕拂動素雅的歌聲
美，蕩起無邊的波

我靜靜地坐下來
就像一個水塘，幸福又安詳

（2014年6月7日）

風過荷塘

荷葉蕩起碧綠的波
荷香飄動
一定有風兒從荷塘穿過
那是蓮花最不放心的一族
彷彿無骨，卻倔強而執著
風聲倒伏哀鳴

她輕輕地扶起風
就像扶起自己的影子

我的心落入一個巨大的漩渦
不知她是對還是錯

（2014年6月7日）

風雨荷塘

霹雷、閃電、冰雹、大雨點兒
傾城而出。滾滾的轟響
荷塘瞬間淪陷

蓮花睜大了眼睛
鋪天遮地的風暴席捲
「跳下去」「倒下」
夾雜著陌生的，不堪入耳的詞兒
蓮花在無盡的回音中顫慄
幾個消失的叔叔

和一個瘸腿的阿姨一閃
她用荷香捂住耳朵

狂風夾在電閃雷鳴之間
吹得不顧性命
幾縷溫和的風，繞著道
試圖扶住她的跟蹌
幾片葉子在遠方替她遮擋
用自己身體的創傷
蓮花努力地站直一縷平靜
在搖搖晃晃的荷葉上

看見血色重新潤濕了花瓣
我的心中開始祥和　平安　芬芳

（2014年7月5日）

盛開的荷香

走過幾尺泥淖才能抵達荷香

多少跌碎的瓷兒，鋒利

妒忌，污穢，誹謗的污泥

千方百計淪陷她的清香

那些一度吞噬她的文字

已失去了法力

她在詛咒之中成長，開放

心清如鏡地翻閱世態炎涼

真有幾位高手畫出了她的風骨

更多泛泛的畫稿或俗，或淺

蓮花成了畫中的杜鵑、牡丹、狗尾巴草

她一笑置之。又不是蓮，何須計較

畫裡畫外只是畫筆清晰的靈魂

我忽然生出了惻隱之心

跌落一地憂傷

（2014年7月5日）

哈德遜山谷的抒情

1

世界是真實的，也是虛構的
人與人之間，人與自然之間，人與社會之間
存在著虛與實的矛盾
也存在著真實與影子的和諧
圓滿也是不圓滿
不圓滿也是圓滿

2

複雜似糾纏在一起的毛線
在烏有之鄉
憑空生出真實的擁有
我摸不透這突然出現的擁擠
從何方湧來
但它潮水般打濕了大地的衣襟
我想用陽光筆直的尺子
去丈量大地的遼闊
山巒卷起了平坦

海潮飛揚
尺子尋不到直線

3

窒息，是山腳的一瞬
我把被困的恐懼
放到低處
沿著山的方向看山
順著海潮的弧線聽潮
我聽見海浪在訴說
「美是一種呼喚」

4

多虧北斗點亮了黑夜的方向
我抖落疲憊、塵土和草葉
點燃感激的燭光，謙虛的燭光
幽默的燭光，友好的燭光
又用詩意的燭光照亮前方的路
像孩子一樣開心，以為暴風雨
已經過去。似小草一樣快樂

心想有了同伴的路，如駝鈴般
清脆。我渴望啊
綠油油的草原一直鋪向天邊

5

天真是不被同情的
宛如百合，噙著露珠欣然綻放
以陽光的微笑入世
也不能每天邂逅晴朗
烏雲壓頂的時刻
風雨交加的日子依然抵達
自然規律不會因為百合的
快樂和善良而改變

蜜蜂一定飛來
色彩與芬芳是他們的蜜
趨之若鶩的蜜蜂又是鄰家花朵的淚眼
試探著百合心中的柔軟
天真是不設防的風景線
以純潔之心迎接欣賞的目光

卻不知一半目光留下溫暖
另一半目光將折斷她們的頭頸
據為己有，回家裝飾自己的心情
小鹿，一群歡樂的音符
一溜煙兒地跑來，圍著百合歡蹦亂跳
大搖大擺，可憐的百合
消失了，化作豐盛的晚餐

盡情盛開的百合，天真得沒有謊言
美麗是她們的驕傲，也是她們的麻煩
捫心自問，百合做錯了什麼？該如何避免災難？
這道風景淒美，正如詩意面臨絕壁斷岩

6

虛構的世界如人間
劇情真實地跌宕，盤枝錯節地蔓延
有真情的，有假意的，有女扮男裝的
有湊熱鬧的，有起哄的
有找不到接地氣素材的
有圍觀的，有吃醋的，有不懷好意的

也有火上澆油的，唯恐天下不亂的
恰如市井的一偶
我吃驚地望著前方，直覺倒吸一口冷氣
這樣錯綜複雜的方向
一切都可能發生

7

那是一扇門嗎，敞開著
我的夢陽光一樣飛，拂過田野
飛向前方，一片綠油油的詩歌
開滿了花朵和企盼

門突然合上了，一座山屹立在面前
擋住虛構的世界，也攔住現實的人間

（2014年7月）

長調

1

相信嗎？我會記得你

曠野中跌宕起伏的足跡

當風吹來，我會聽見

唐朝的你，宋朝的你，民國的你

捎來竹葉上碧綠的詩行

當海潮翻滾，我會聽見

東方的你，西方的你，海上的你

浩浩蕩蕩的蔚藍漾起的漣漪

2

我多希望能給你

一片綠油油的田野

給你一望無際

以母親的胸襟

理解你，原諒你

鼓勵你，包容你

3

一個纖細的名字豈能

承載浩瀚的激流

一串忙碌的腳印怎能

平衡一日三秋的焦慮

八方襲來的風暴啊

迎面攔住一支清澈的山歌

驚愕，沉浮，無言，駐足

片刻的寧靜多麼迷人

可惜只一瞬

就被紛飛的炮火，唇舌的槍劍

無情地淹沒在黑黝黝的海底

4

求生，到有陽光的地方去

求生，找有道路的地方去

求生，到能避開風聲的地方去

大千世界裡，尋一方歌聲的棲息地

向左，對向左
歌聲立刻跌入烈火之門
溫暖的真情之火，虛偽的假意之火
欺凌的姦淫之火，狹隘的妒忌之火
惡毒的誹謗之火，交錯著，吞吐著
瘋狂的火舌，撲向一支純潔的歌兒
焚燒每一個音符的哭泣

不行，向右
歌聲瞬間落入洪水之門
滾滾的淚水之洪，決堤的春江之洪
憤怒的鐵錘之洪，模仿的誇張之洪
圍觀的唯恐天下不亂之洪
夾著風的血，雨的疼
傾瀉著滔滔洪水，撕裂一支歌兒
的夢想和肢體，淹沒歌聲的抑揚頓挫

疼，怎一個疼字能夠囊括

5

前方，詩意若朝霞升起

我的夢睜開眼

露珠微微張開羽翼

可哪裡能放下一個小小的腳步

不傷一草一木

不驚動暮靄和晨曦

6

我訴說，用最輕柔的浪花

預告不在現場的前提

解釋道歉鼓勵幽默掛滿枝頭

以一顆低調的心

把時間的海綿擠成赤道細線

用睡眠和征程的委屈

關照微風大風南風北風

寬容狂風颶風颱風龍捲風

我小心躲避粉身碎骨的惡夢

還有詩意盡失的不測

爭取著，爭取著，爭取著
只想爭得一點立足之地
我相信時間是萬能的醫生
直到山巒憔悴，湖水清瘦
無奈的高牆爬滿藤蔓
我不得不承認理想的美麗
不一定能構成現實的鏡像
「滿足這個世界是不可能的
我有心幫助，但無力企及
即使奉獻整個世界，祭奠自己
也沒有舉世歡慶的結局」

普希金向我走來
送給我一本《漁夫和金魚》

7

歌聲消失的時候，我的心在哭泣
歌聲消失的時候，我的夢在哭泣
歌聲消失的時候，整個世界都在哭泣
風不吹，雨不下，魚兒默默地死去
大海在枯竭，死亡和荒蕪遍佈大地
虛擬的海洋和真實的陸地同時停止呼吸

8

還是歌唱吧，為了高山大海
為了風調雨順，月朗星稀
還是歌唱吧，磨亮雙肩
把暴力、煎熬和誤解擔起
短暫的平靜如盛夏的柳蔭
假如時光可以凝固……

現實沒有憐憫之心
一次又一次，拖時光回到過去
向前，是猜疑的陷阱

向左，是真情姦淫和妒忌
向右，是淚水疼痛與暴力
不能前，不能後，不能左，不能右
也不能佇立原地
世界這麼大，為何沒有一個窄門
沒有一條華容道的容身之地
詩意的夢啊，寸步難行
長長短短的詩句灑落一路淚滴

9

藍藍的天空是美的
真山真水徜徉著旖旎
我的心是一個手性的篩子
只珍存陽光微風和細雨
如果我是初春的花朵
應早已落紅無息，化作春泥
假如我是深秋的紅葉
也該隨那風吹雨打而去
感謝生命中邂逅的重重磨難
我追求的詩意，依然挺拔

10

四季吹送的風啊，年復一年
做個朋友吧。風中的喜怒哀樂
已匯成千舟共譜的激昂樂曲
留下一段前無古人的絕句
那些疼，那些苦，那些甜
都將釀成回憶中的蜜
而我從來都是世間萬物的友人
以一顆純潔的心
熱愛大千世界的一草一木
悲憫每一個坎坷和每一滴淚水
真誠的友情怎能生鏽
遼闊的心不企盼得到也不期待失去
藍藍的天空請善待一陣風的歎息
我會默默地為你祝福
無論你把我記起
還是把我忘記

（2015年12月20日-2016年1月24日寫，2018年改）

夢裡的小河邊（組詩）

清晨

音符，永遠的音符
踩著浪花的輕盈
音符被拋起，拋向空中
高過塵埃，高過山巒
高過蔚藍色的天空

一縷思緒走下年輪的臺階
滲入血脈。清流有河水潺潺
各色野花開滿河畔
五顏六色，像我的心
開放出柔和的歌聲

（2014年2月12日，發表在美國《新大陸》2019年2月第170期）

正午

在風聲密集之處，抽出詩行
苦澀，也有自由的清香
不去觸摸理性和感性的千千結

我午睡，在它們用糾結編織的網上

把夢做成蟬翼的樣子

很薄，很輕

陽光灑在上面

它就有了和平的形狀

（2014年2月12日，發表在美國《新大陸》2019年2月第170期）

傍晚

好大一枚夕陽，掛在山巒的肩頭

盛開半邊天空的輝煌

我駐足，凝神，被想像灼傷

若真是神仙就好了

我輕步穿過淡淡的花香

掬一捧浪花

把它們種在高高的山崗上

（2014年2月12日，發表在美國《新大陸》2019年2月第170期）

釋然

時光再長一些，也無法擠下
從A到Z的距離。拉杆箱一直低著頭
歉意是一枚秋葉
在我的心頭紅了臉龐

鑰匙轉動的瞬間，目光
已飛入庭院
青草依舊，蓬勃如昔
紅葉輕輕飄動，融入河邊層林的合唱

（2014年10月5日）

與一朵花對視

1

只看你一眼，我就融化了
融入你的清新
無數微粒子在空氣中輕舞
與我擦肩，敞開你的氣息

怡人的氛圍，裊裊
一群又一群人途徑
吸入你無聲的贈與
他們高談闊論
或者沉默無言
穿過自己抑揚頓挫的生活
他們帶來了什麼，又帶走了什麼
彷彿沒有看見你

2

你一直微笑著
從不豔妝
妖豔、媚俗都是別人的領地

這裡一切都是淡淡的
山間的泉水，清清流
自然而然的神態
洋溢著清純別致的情趣

我喜歡你的格調
就像喜歡格子窗上晃動的陽光
我把它窖藏在秘密的深處
似一縷抹不去的記憶

3

目光從四面八方襲來
你的清香洩露無疑
五顏六色的風塵
撲簌簌地落向你
歡喜、讚歎和熱愛的
陽光展開
又淹沒在暴力、淫穢
和妒忌的暴風驟雨裡

你柔軟的花瓣，經歷過什麼

我望著你
纖細的莖稈在風中搖
美麗得令人心疼
邪惡能驅散麼
光明會到來麼
我多麼擔心，你會夭折
……

你比我想像得堅強
傷痕累累，依然微笑著
柔弱的芬芳不卑不亢
勇氣似夢一樣盛開
點亮了我，那麼暖
宛如燦爛的陽光普照著大地

4

我輕輕地吹去
你花香上的塵土

吹亮你的清秀
美好似乎生出了羽翼
你的微笑溫潤
是一塊和田玉
是生命厚重的饋贈
純真，剔透，令人著迷

5

這個世界多麼複雜
美好是危險的
置身於塵土飛揚的喧囂
你綻放真誠善良美麗
你讓我落淚
也給我欣喜

我真不敢相信
這個世界竟因你而清澈起來
什麼是四兩微弱的心曲
什麼是千斤搖撼的動力

多少人性的光輝閃亮
如歌如泣

微笑吧，小花朵
理直氣壯地活下去
我會和你在一起
一直在一起

（2015年1月29日於福特-勞德代爾堡的飛機上草，
2015年2月15日於紐約家中改）

平凡的日子

平凡的日子

現實是幸福的
陽光照耀
在奔波與成功之間
酒杯斟滿輕快的曲調

愛是真實的
為我的喜悅擊鼓
為我的憂傷落淚
甚至俯下身
為我撫平虛無糾結的溝壑

沒有猜疑，沒有污穢
只用理解和鼓勵吹開清秀水仙
留下愛的痕跡
風信子靜悄悄的語絲
融入甜絲絲的空氣

（2016年4月3日）

聚會前夕

北京的同學正在品嘗
多倫多的北京烤鴨
中美加三面國旗並進
卷起尼亞加拉大瀑布的浪花

蛋糕　羊肉串　二鍋頭
濺起的笑聲傾斜
一路滑向十八歲的日子

一切就緒
只有我，望著滿壁櫥的裙衫
哦，哪件該拿起，哪件該放下

（2015年8月6日）

和母親度七夕

踩著飛機的弧線，像踩著鵲橋

不遠萬里，我來到您身邊

您八十歲的胳膊，八十歲的腿

八十歲的微笑潤濕我眼簾

我是您夏日的小溪

馬迭爾霜淇淋

陪您乘計程車，陪您去醫院

隨人群從一樓流上二樓

湧向三樓，回到二樓，再上四樓

內疚繁雜的程序和長隊

您如何面對——

在我缺席的每一天

我期盼給您一切——

可是我怎能如願

（2016年七夕）

清明祭

雨如期落下來
祭奠您，父親——
十一個春秋已飄過
我還無法確認您的蹤跡

我依然能感覺到您
接收到您送來的
有形或者無形的音訊

但每年這一天
我都認真地祭奠您
用我的心
為您種上康乃馨
還有風信子

（2016年4月3日）

父親節

鮮花音樂藍色的雞尾酒
孩子們的調侃
纏繞著愛人的笑聲

今夜月亮圓了又圓

我的父親
既沒問候清晨
也沒敲響晚鐘

（2016年6月18日）

母親的電話

不是星期六，不是星期天
母親的電話跳上屏幕呼喚
沉默的空氣忽然有點兒鹹

哦，母親的聲音平安，舒緩
她只問我「你公公病了
你離開的時候給沒給他留錢」

（2016年1月5日）

爺爺和孫子

那麼巧
爺爺總是落坐在
孫子停留的空間上

看電視玩電腦打撲克
孫子的休閒
落滿五顏六色的匆忙
不看電視不玩電腦不打撲克
爺爺笑眯眯的目光
盛滿孫子的小模樣

花兒靜靜地開
開在爺爺和孫子的心上
沁人的馨香多麼相同
又是多麼不一樣

（2015年8月28日寫，9月20日改）

那時

紅豆熟了
我在遠方

你說「桃花開了，又謝」
一曲眺望送走四月

幽谷如鏡
清亮亮的目光望著露珠
緩緩地爬到花瓣上

（2015年5月）

回家

三張笑臉，同時擠出門來
遍地盛開鮮花朵朵

談笑間，提走了我的
行李，電腦，一路的顛簸
自然得好似風兒從山林穿過

打開箱子，捧出奧蘭多的點心
幼稚的，青春的，渴望的
眼睛，卻一直齊刷刷的望著我

世界像金色的秋天
蘋果，桃子，葡萄甜甜地掛著
可我，一棵微弱的小草
能為你們做什麼

（2015年10月9日）

小園七月

爽心悦目

巴掌大的蘇繡

黃瓜的新葉，豆角的蔓

綠油油的柿子品種多

韭菜的小碎步，小蔥的豪邁

枝頭的小桃子姿態萬千

土壤施展pH值的魔法

繡出或藍或粉的八仙花

更有神采飛揚的月季

塗紅了半邊籬笆

（2014年7月3日）

睡眠

我住院
他兩天兩夜沒合過眼

第三天，我攆他走
去看孩子、洗澡、修補睡眠
他只管笑，給我訂晚餐
調電視、讓護士傳呼靠近
等著點滴結束，又一定要
看著我把一碗湯喝完

我又趕他走，他說
「你睡著，我就走」

我忽然醒來，已過午夜
桌上飄來淡淡的花香
椅子響了一下
他站在我的床前

（2014年7月28日）

銀婚紀念

二十五年，星光一閃
你擁有了我人生最漫長的時間

多少風景相遇，錯過
褪去新鮮的容顏，日漸斑駁
多少笑語和淚滴
哺育天空的蔚藍，百花的嬌豔

到頭來，你對我說無悔
我對你說無怨

（2014年8月12日）

異鄉的中秋

多少個中秋，佇立在異鄉
用思念翻開故鄉的明月
江水的濤聲
還有親人熱切的眺望

同樣的月餅，同樣的杯盞
你，不在我身邊
電波穿越萬里重洋
舉杯，為我們共同沐浴的月光

（2014年9月6日中秋前夕）

聖誕節，向我們走來

近了，近了，聖誕節
你的足音已喚醒我的傾聽和視覺
我感覺到你，從四面八方
像輕盈的風，又似洶湧的潮汐

你乘雪花飛舞
潛入一首歌裡溫存
爐火跳躍，聖誕樹穿上盛裝
家家戶戶都點亮你的消息
連門前的彩燈也以白雪為佈景
展開七彩的畫廊

在你到來之前
我需清掃庭堂，擦去角落的灰塵
卸掉身體裡的暗影和生活中的沉重
把日子攤開
用心靈撫摸赤橙黃綠青藍紫的韻律
再揀出最美妙的時刻
最幸福的情節
還有浸滿淚水的溫馨

用糖醃，用蜜澤，製成節日的蜜餞
我要這樣來歡迎你
歡迎我尚未邂逅的日子
歡迎陽光的鱗片和雨水的琴弦
我要這樣來祝福你
祝福我的親人，友人，陌生人
祝福每一顆善良的心
還有你，聖誕節——

你越來越近，我彷彿已能聽見
歡樂的腳步聲從每個人的心底響起
Ho，Ho，Ho！伴著一串清脆的響鈴
把平安的樂曲放入我們心裡

（2013年12月20日）

平安夜的祈禱

一股清泉是否會出現

神啊，我祈禱，在你出生的夜晚

為我重生的嬰孩

「只要你出手，他必得救了」

拿去吧，我的虔誠，我的血

我琴弦上的顫抖

只要你能給他新春的柳枝

盛夏的花盞

請拿去我的一切

光臨我心中的花園

我願，我願

（2016年12月24日）

感恩

秋風吹落最後幾片葉子

樹林披上黑斗篷，變出大片安靜的房子

感恩是此時最溫婉的詞了

似湖水亮晶晶的眼睛

感謝路途上遇到的橋樑和道路

感謝樹木、陽光、山巒、溝壑和溪水

感謝曙光噴薄，日暮悲壯

感謝月光捎來的絮語，星光滴落的思想

感謝被春風吹醒的枝條，被秋風吹落的枯葉

感謝每一雙手，每一個微笑，每一滴淚

感謝遠方思念的親人

感謝你，今天和我一起烤火

感謝我們還有時光可以展開

像打開聖誕禮物一樣打開前方

（2016年感恩節，發表在《香港文學》2018年第12期）

季節的旁白

在山中

山巒遠遠地佇立著，神韻從容
風景從山中彈出，敞開一個浩大空間
宛如打開一扇自由的門

美，散發著淳樸的氣息
無拘無束的清香飄逸山間
寧靜在身邊長出美妙
這時適合放下一切，走上山坡的石級
任風聲帶走烏雲，雜草和碎石

沿著一條蜿蜒的山路
我看見一個影子
漸漸與山巒重疊，與景色重合
像一片薄霧，落入山裡
回歸自己

（2014年12月29日）

在湖畔

不知有什麼引力
我的雙腳不自覺地走到這裡

這不過是一個很小很小的湖
小到沒有一個叫得出的名字
但她能握住我的心曲
用湖光或者漣漪的包容

我可以敞開自己
回到混沌初開的時刻
任喜怒哀樂流連成
悠閒的水域

她送給我的只有安靜
一首沒有淚水疼痛
或者誤解的小詩
輕得沒有聲息
似陽光的絨毛
落入我心底

（2014年12月29日）

在曠野

一串回聲是曠野的回答
「問題來過嗎？」
問號自生自滅

曠野以博大、空曠和浩瀚
注視著我們，居高臨下
我們微若塵埃

然而，我們是不朽的
似雪線下的新綠或枝頭的嫩芽
即將充滿整個世界

（2016年6月11日）

北方的三月

陽光漸漸溫暖起來
雪的厚度低了又低
白色依然是大地的基調
新綠是否已孵出？

房檐的滴答聲消融著一個冬季
又似春雨在清唱

遠處山頭錯落
彷彿一朵巨大的雪蓮，盛開著
祥和沐浴在晨曦的光環裡
溫馨，靜謐

（2015年3月21日）

夏的剪影

夏天住在鳥鳴裡，她唱著歌兒
一路喚醒杜鵑玫瑰牡丹還有百合
讓葉子們記住美妙的感覺
然後揮動時間抹去燦爛的痕跡

我喜歡夏天的綠窗子

山道是一行撒歡的小鹿
一溜煙地跑進濃郁的森林
多像我們蜂擁出學校的大門
企盼揭開大千世界的奧秘

我們的幼稚丟在哪裡了？

天那個藍啊，如剛醉過酒的畫布
鳥兒隨意在上面畫出漂亮的
弧線，紅的藍的黃的灰的橘黃的
似逝去的花瓣生出翅膀，在空中飛

無語的夢是滾燙的陽光，漫過我的心
葡萄該成熟了

（2015年6月18日寫，8月10日改）

夏日的山谷

夏日的山谷，熱度浸潤

傾瀉的藍塗滿夏季

蒼翠路過叢林的枝頭

仿聲鳥站在高高的電線杆上

變幻著曲調

不愧一位全能鄉村歌手

百合不停地拔節

孕育著沉默的歌曲

（2016年6月。發表在《海華都市報》2019年5月17日）

六月

推開玻璃窗，邂逅六月的陽光

空調與熱浪對峙

冷暖都是六月的衣裳

放下歲月的沉重

放下股市的顛簸

放下英國退出歐共體的成敗

放下遍佈全球的腳印

放下淚水溢出的穀粒和雜草

輕輕合上一本書

捧起鳶尾花紫色的歌唱

（2016年6月。發表在《海華都市報》2019年5月17日）

紫色的鳶尾花

1

你可曾是舒婷新鮮的歌唱
以神性的光環擦亮眼底的憂傷
你是否是席慕容清醒的陳訴
讓沒有交集的情感溫馨地綻放
今天，你佇立在我五月的下游
默默縫補桃花櫻花梨花的離傷
用你寬厚而高貴的紫
捧起我沉默的詩行

2

你讀到了什麼，鳶尾花？
風落又風起，曲徑與坦途
我的淚滴，似陽光
灑在你的花瓣上
可不可以解開羈絆，能不能放下行囊
如舒婷，讓夢生出輕盈的翅膀
順流而下，或者逆流而上
拾起憂鬱的歡欣，尋覓沒有歸途的舊址

還是奔赴透出陽光的前方，在夏的深處輕舞
看綠色的敬意漫過山崗

（2015年5月24日）

秋天，像一枚秋葉

秋天
無聲無息的飄落
像一枚秋葉
又似一隻翻飛的蝴蝶

藍天白雲望不盡的斑斕
多少詩意悄悄滑過
融入自然的筆墨

還可以繼續揮毫嗎
一個歎息，輕輕飛
飛近，又飛遠了

（2015年10月18日）

一枚紅葉

那一份激情
袒露一瞬間的眩暈
哦，跌宕的山巒

夢的門扉開啟
一寸陽光照亮一生
誰知滋味萬千

（2014年10月1日）

秋

奢侈。瑪瑙翡翠紅寶石
掛滿枝。天空展開蔚藍的旗幟
風吹響成熟的號角
大地一半憂傷，一半陶醉

（2016年10月26日）

季節的旁白

看你，又怎麼啦
一副無精打采的樣子
好像被秋風吹落枝頭的
不是紅葉，也不是一個
金燦燦的秋天，而是你
把自己從秋風吹成了冬風
獨自徘徊在冬天裡嗚咽
一遍又一遍地拂過枝頭
追憶往昔路過叢林的溫馨
在空空蕩蕩之間
搖曳，搖曳

季節佇立在田埂上，蹙著眉
不知該去安慰冬天的風
還是去安慰遍地的落葉
多像我，看看哭泣的你
又看看日漸消瘦的自己

（2014年12月3日）

歸途遇雪有感

是誰？調一把素琴
飄出漫天潔白的韻律
似我的心　在飛
輕撥一曲
竟已是千里萬里

（2016年1月12日）

又見棕櫚

真的是你嗎
十年了，整整十年的分離

你迎接曙光的樣子
佇立在月光下的樣子
迎風擺動的樣子
都隨我的記憶沉入歲月的海底

你卻一直站在這兒
結實的軀幹，修長的葉子
還有我們背靠背坐熱的地方
日夜訴說著同樣的話語

（2014年12月於休士頓）

看海

這是一片陌生的海
白鷺銜來波浪

我是誰？
沒有一滴海水能喊出我的名字
藍天海鷗搖曳的棕櫚
開啟記憶之門。時光擅長錯位
儘管物非人非
大海遞給我的遼闊沒打折扣

也許這是生活
刻意喚醒我們的味蕾
咀嚼陌生中的熟悉
熱淚終會清泉般湧出
融入蔚藍的海
或者打濕一片新邂逅的土地

（2016年5月27日於弗洛裡達聖彼德堡）

我可以唱嗎

邀請

「來詩歌朗誦會吧」
隔著河,王渝升起詩意的炊煙
送來大片大片的新綠
我不知會遇見險峰,秀水,花瓣
還是對弈的棋盤

紐約可有奇異山水

極目窗外,嫩嫩的綠意
噙著煙雨
似理想和現實相遇在路口
這料峭春寒中的詩句
會抖落一地寒涼
還是滿心溫暖

（2016年5月6日）

詩歌和我

詩歌是熱愛的陽光

我不知道詩意的筆尖會流出
長江、亞馬遜河、還是古巴比倫
但是我執意把嘗試握緊
渴望漾起生命的波浪

我是詩歌的朋友

但我不知道詩性的靈動將做
我的朋友、敵人、還是陌路人
我敞開胸懷,尊重它的自由
它的思維獨立於我的腳步和想像

我獨自走在未知的路上

拾起執著,播種一片夢想和希望的光
我只能做我能做的,不是嗎

然後悉心祈禱，耐心等待
綠油油的小生命發芽的聲響

（2015年7月18日）

光芒——記《僑報》作家具樂部新年聚會

有些日子是會發光的
像今天，一月的天氣沒有寒涼
路不堵，車裡載著閨蜜和
活潑的小鈴鐺

那個陌生人幫我停車
《僑報》主編凵送春梅
哥大的教授，筆會的老總
最喜有幸握手詩人王渝和陳九
還有忘不了的周勵，風靡九十年代的
《曼哈頓的中國女人》
正沉醉在博物館和百老匯的藝術話題

小辣椒炒醒了一年的黎明
游江社長為新年祝酒
逝去的歲月，推開的門扉
濃縮成一張張照片

把日子的光芒定格成明天
回憶中的蜜

（2016年1月10日）

在情詩森林的邊緣徘徊

像雨後春筍，水靈靈的情詩
在博客中拔節，出落成鬱鬱蔥蔥的森林
我踮著腳尖，左瞧瞧，右看看
沒敢把種子播入自家花園

怪只怪千年的薄霧　驚醒珍珠串串
怨只怨彩雲飛渡　熨不平或近或遠的掛牽
我采松枝、竹葉、梅花鍛制精美鐐銬
瀟灑地惜別情詩，隱遁蒼茫遠山

我的田野只種水果、蔬菜、人生稻穀
奇花異草依然開花結果，無論玫瑰綻不綻開花瓣
該來的還是會來，不該來的咫尺不見
我不得不服古人的智慧：謀事在人，成事在天

（2012年10月7日）

玫瑰花開

街角的一束小灌木，靜靜地開
清淡的花香，獨佔一方風采

幾隻蜜蜂清唱，蝴蝶飛舞
微風在枝頭上下徘徊
理解與和諧是春天的暖，孕濃詩意
消息長了羽毛，震天的嗡嗡聲紛至沓來

狂風的怒吼隨之趕到，塵土的污穢卷起
砂石的粗糲，各自以獨特的方式靠近花瓣
玫瑰的枝條折斷了，柔軟的紅落滿
塵埃和劃痕，花朵不斷抵擋，生死懸在一線

狂風更加囂張，塵土和砂石
一起砸向花朵的喘息。風聲跌宕起伏
蜜蜂、蝴蝶、微風、玫瑰，砂石和塵土
紛紛落入從天而降的霧霾

天空高掛著巨幅憂傷
是誰的彩繪？

是幽香？是柔情？是妒忌？是欲望？
是善良？是純潔？還是砂石與塵埃？

一聲歎息，很輕，像一首詩
有幾分溫馨，也有幾分無奈

（2014年3月1日）

你永遠不會懂

我從未想要過什麼
也許你永遠不會懂
我不是個顯山露水的人
我的愛是美好與和平

屏幕上的冰雪公主
把我化成淚人
她若能走下螢屏，該是
那個最理解我的人

她與生俱來的魔法：欣喜和恐懼
她深藏，再深藏，也深鎖自己
善良的心，如何捨得傷人
可是她的與眾不同，註定帶來奇特回聲

我多想和她一起高歌：let it go, let it go
去一個無人知道的地方，讓詩歌
長成冰清玉潔的宮殿
可是，我的離去，依然傷透世界的心

哦，你如何會懂？
你沒有魔法，你沒有晶瑩

（2014年11月）

去把，去寫你自己的事情

去把，去寫你自己的事情
不會吧，你的生活徒存四壁
把風的力度留給風
把雨的濕潤留給雨
一切都會簡單，就像自然在運轉
自然的節氣，因為初衷不存一絲兒惡意

請別用盛大的筆墨
揭開風的傷疤
就像你不會對病重的父親說
「您快不行了。」
請別將尖酸刻薄
拋向簡單的雨滴
小心你的筆墨和自己反目成仇
精確地供出筆中靈魂的高低

我多想告訴你這一切
但沉默是我的長笛
我不想把你變成森林大火
你不懂我不怪你

因為無論你說什麼你都不疼

你既不是風，也不是雨

（2015年1月）

我有一個夢

所有的，所有的一切
都靜下來，回到初識的那一天
沒有河流、浪花、或者煙雨
只有詩句在日子裡拔節

品詩，品詩句中的詩
捧腹大笑，或淚如雨下
在友情中相互關照
在陽光下日漸清新

（2015年）

舊事

「別再提它吧」我說

你卻俯身拾起灑落的話題

「過去的就讓它過去吧」我說

而你支起畫布

又開始專心塗抹夕陽

再描上淅淅瀝瀝的小雨

我說「寧靜的時光多好，純潔的友情蜜一樣

我不願看憂傷，死亡，潮落潮起」

但是你又清醒地提起竹籃子

執著地奔向大海

我說「灑脫一些好嗎？交往不需拘泥

每個人都可以自由地呼吸詩意」

你一聲不響，推來一個巨大的藍色佈景

遮住了現在和往昔

（2015年12月2日）

詩歌望著我

詩歌一直靜靜地望著我
但是它沒有來
我依然感覺到詩意的顫動
泉水的汩汩聲似乎很遠
天空靜謐，大地無聲
一個多麼安靜的驛站

也許這就是歸宿吧？
那一池芬芳呢？
多少次倔強地重新站起
卻抵擋不住一場又一場的寒涼
我無力扶起歲月，或者滄桑
滿園的凋零怎能含馨吐豔？

去吧，我的花朵
詞語枝頭的三月
緩緩地走出我的視線

（2015年12月）

落葉

那些飄落的葉子

在秋天裡

宛若我丟失的詩句

被大地攬入懷裡

（2015年12月）

逆流

這對抗的勢頭，充滿

灰燼的味道

一次又一次襲擊

枝頭初生的新葉

把高昂的頭顱

壓低壓低再壓低

希望破滅的灰燼長驅直入

把一段流水掩埋

我無助地伸著手

面對判決的生鐵

似乎看得見遠方

湍急的渦流

飛濺的瀑布

正在邂逅清唱的緩流

（2016年6月）

影子

陽光燦爛的時候，你不在

大雨傾盆之時，你沒來

一個聲音問：「那是真的嗎？」

影子一片喧嘩，淚水流成長江和黃河

陽光把驚訝梳向腦後

盡力挺直六月的腰杆，「好吧，我聽著」

世界戛然而止，靜得像凝固在冰河期的猛獁象

「哦，真的是錯覺呢！」

陽光輕鬆地抬起頭，拾起放下的鋤頭

影子又騷動起來，天空垂下

巨幅憂傷，雲朵狂跑成憤怒的葡萄

光明拍拍影子的肩，伸出坦蕩的手

「做個朋友吧，為什麼不結伴一起向前？」

影子竟然握不住，紛紛退回到曠野

在天地間擺滿幽暗的桌椅、酒具和雨點兒

（2016年5月）

秋風辭

天空彎曲著。風在吹
吹著大地金色的果實
吹著四處漏風的破綻
吹著金盞菊
奮力，風吹最矜持的一朵
要把她吹開還是吹落
繽紛的花瓣終於在風中飛
「多麼美麗的盛開或者消散」

風鼓起嘴唇，奔向下一朵

把秩序吹成憂傷的屍骨
把孤獨吹得嗚嗚響
把尋覓吹散，落葉滿地
把寂靜的天空吹得湛藍
時間也彎曲了，像真的
風回過頭，一心一意地吹
沒有相認、承擔，甚至掌聲
也許「吹」本身就是風的追求
菊花只是清熱解毒的藥引

風不停的吹，近乎瘋狂

秋色更深了一層

失眠

其實，這是奢侈的
醒來的夢，推開斑斕的秋窗
一縷月光入心
泛起層層波光
就這樣，散開經年的靜寂麼
一半殤，一半醉
聽漫山紅葉在風中低吟
錯落的詩句一行行

（2016年10月19日）

母親的心

三年，五載
有多少日出日落
時光的記憶已斑駁

母親用一顆慈愛的心
拉扯漫天繁星
這幾顆是文靜的
那幾顆是調皮的
這兩個多懂事
經常在這兒或者那兒
分擔母親的操勞
那兩個像冒失鬼
總會給靜悄悄的生活
添點兒亂，點點兒火
母親笑了笑，垂下頭
拍打掉一天的灰塵

夢中的母親笑出了聲
她夢見孩子們一個一個長大了

儘管母親頭上的雪花

越積越多

（2015年12月22日）

醒來

那時，我渴望沉沉睡去

宛如最深沉的海

躲過風暴的侵襲，躲過

船隻破碎

默默摟緊自己，似錨

抱緊海底的淤泥

守住心頭微弱的火光

點燃一絲前行的勇氣

我醒來，在漆黑的海底

不奢望太陽的光芒

我是發光的物體，去尋覓

一片屬於自己的領地

（2016年5月12日，發表在《香港文學》2018年第12期）

海上日出

序曲浩大，豐富色彩緩緩展開
隨之奮身一躍
誕生——
撥醒琴弦的顫音
海浪衝開一天新鮮的殼
海水噙著一瀉千里的光

黑夜已遠
帶走冗長的辯論與抒情
帶走真情假意妒火誹謗
帶走不捨放棄失望和渴望

與其說這是一次死亡
我寧願稱它為新生
——
這鋪天蓋地的光芒

（2016年5月26日，發表在《香港文學》2018年第12期））

我可以唱嗎

陽光翻飛著溫暖的指尖
彈出山谷浩大的交響
我可以唱嗎？

雪線淡定地消融自己
善良一滴滴滲入焦渴的土壤
我可以唱嗎？

綠綠的小精靈紛紛拱出大地
捧出略帶疲憊的心花怒放
我可以唱嗎？

美妙的時針經常來敲我的門
陽光雀躍的歌聲張開小小的翅膀
我可以唱嗎？

來過的，都已化成鮮花，茶水和巧克力
沒來的，又何必奢望
歌唱只是我生命的飛翔

（2016年2月19日）

和平，那些美好的

和平，那些美好的

1

橄欖樹，白鴿和溫暖的陽光
都是我熱愛的。就像我熱愛著
母親的嘮叨，父親的幽默
孩子們葡萄串一樣滴落的笑聲

每個清晨都是一個初生的嬰孩
圍著早餐桌打開生動
黃昏的晚霞是母親慈祥的微笑
點亮了萬水千山豐富的表情

2

為什麼歷史的長卷傳來陣陣死亡的尖叫
可是貪婪燃起了恐怖和侵略的戰火
為什麼菜農倒在血泊裡，婦女掩面而泣
可是暴力和強姦扭曲著人性
「真正的和平不僅僅是沒有緊張行為
它也應當是正義的」馬丁-路德金說

多少掙扎的腳步，抗爭的吶喊，噴灑的獻血
只為人間春暖花開，只為正義與和平

3

世界是我們的，和平是世界的
人類的雙手能製造戰爭也能製造和平
貪婪和權力是戰爭的導火索
侵略和強暴打碎了「和」也打碎了「平」
博愛和仁善是和平之門的鑰匙
協商是一輪和平的旭日冉冉東升

播一粒友愛的種子吧，在你我心中
讓涓涓細流匯成浩瀚的大海
播一粒正義的種子吧，在你我心中
讓和平，那些美好的浪濤淹沒戰爭

4

母親的嘮叨，父親的幽默
孩子們葡萄串一樣滴落的笑聲

都是我熱愛的。就像我熱愛著
橄欖樹，白鴿和溫暖的陽光

（2016年1月20日草，21日改，在2016年天津詩歌春晚朗誦）

中秋月

一個嘆詞，圓了一個夜晚

靜謐的月光，傾瀉滄海波瀾

東半球剛交出皎潔的思念

西半球又把琵琶輕捻

喚一聲母親，喚一聲故鄉

捧出月餅邀嬋娟

（2016年9月15日）

聖誕樹

早該準備好
在這個季節和你相遇
可是我沒有

我竟忘記了
時光的手指
會如何翻動飛逝的日曆

猛然撞見，你站在窗口
掛滿琳琅滿目的祝福
意外是一粒圓潤的珍珠
小飾品，蝴蝶結，欲飛的小天使
婉如《平安夜》的樂曲飄起來
你挺拔油綠的松枝間
閃爍著無數晶瑩燈盞
似慈祥的目光落向我
又似你含笑的淚滴

我離開，又回頭望你
我看見亮晶晶的希望
從來都不曾離去

（2015年12月15日寫，18日改）

蒲公英

就這樣吧，讓金燦燦的笑聲

滾動在綠絨絨的草坪

別再和我提及嚴冬、霜降

或者倒春寒

我感激那些倖存的時刻

感激邂逅泥土時的淚水

「生命總會找到自己的出路」

我生出了舒展的綠葉子

挺拔的花莖和毛絨絨的花朵

你看，她多美！

活著就意味著面臨挑戰

那些淘氣的小蹄子，勤勞的

手指，還有割草機的轟鳴

隨時都會抵達

努力吸收養料，是我唯一能做的

我必須搶在他們到來之前

撐開一把純淨潔白的傘花

那時，就沒有誰能宣布我的死亡

而是有意無意地助我高飛
飛向夢的前方

（2016年4月28日）

藍月亮

那一片藍，響起細碎的腳步聲
直抵靜謐的深處
似大海的回音，佇立在天宇之間
墊高了夢的亮度

不提迂迴的山路，憂傷的紋理
你是否是圓滿的圖騰
藍藍的清韻悠悠，如母親的目光
在山巒、河流、落葉和小草上駐足

（2014年11月19日）

小憩

似一片陽光

飄出思維嚴謹的柵欄

落入秋日的絮語

一瞬間的放鬆

有失重的輕

也有舒展的韻律

小心拾起路邊

菊花初綻的神情

像拾起散落在昔日的隨意

一段小小的空白

站在無與有之間

漸漸塗滿詩一樣的迷

（2014年8月20日。發表在《詩殿堂》／
POETRY HALL, 2019年第1期。）

散步

為什麼不呢
把所有的失落留在腳印裡
讓道路帶我去前方

為什麼不呢
把所有的惆悵灑向山野
讓心境融入碧綠的歌唱

為什麼不呢
任風吹散紛亂的思緒
只留一縷溫馨在心頭

為什麼不呢
任夕陽靜靜地留戀
用漫天彩雲做夢的霓裳

（2014年8月23日）

滑雪

那時，我是矯健的

張開鷹的羽翼

滑翔在茫茫白雪之間

桀驁、自由、瀟脫。飛馳的心敞開

盛滿天空，盛滿坦蕩

盛滿水汪汪的安詳

迷人的速度、轉折，還有挑戰

就像走在人生之旅

雖說人只擁有短暫的時空

我要用它丈量世界的浩瀚

未知的密碼依然緊鎖著

但是我越來越像我

世界也越來越清澈

（2014年12月29日）

秋日山行

天空打開蔚藍的畫板

秋天的畫筆是色彩的源泉

幾經蔥郁的山林

忽然穿上金秋的寫意

似無邊的笑聲

染紅了哈德遜山谷的容顏

讓心更近一些，更接近自然

打點好心情，步入盛大的畫面

人生的秋天也應如此

一個珍貴的季節

豈能極目

是瞬間，也是永遠

（2014年10月12日）

新年2015

白色的抒情
撩開2015年的面紗
江山如此多嬌[17]

雪花，靜悄悄，如禪語
環繞紐約時代廣場的巨球
百萬人的歡騰雀躍
泰勒·斯威夫特的「通通甩掉」

山野，白茫茫，若祈禱
護送上海灘遇難的36條生命
安撫醫院裡受傷的兄弟姐妹
親友的淚，擱淺在新年的通道

生命的尺度，時光的料峭
大千世界，有誰能知？有誰能曉？
珍惜吧，生命的每一個瞬間
把憂傷和怨恨「通通甩掉！」

---

[17] 引自毛主席詩詞

讓祝福的火光溫暖我們的心
看明天攀上枝頭
盛開清新和美好

（2015年1月3日）

鄉愁

鄉愁是母親的一針一線

穿過高山大海，抵達我心頭

鄉愁是一片熱土存封的足跡

滑落童真的花枝，碩果搖晃在異鄉的金秋

鄉愁是故鄉展翅的雄姿

激起我滿心濤聲雀躍

鄉愁是霧霾淹沒了熟悉的街道

遠方眼中的漣漪，尋不見平靜的午後

鄉愁是「斬不斷，理還亂」

是金屋玉馬換不去的那杯酒

鄉愁是欲言又止

是「才下眉頭，又上心頭」

鄉愁是時空浩瀚的交響

是月光靜靜地守候

鄉愁是我背過身去，依然聽見

汩汩的江水在心上流

（2015年4月25日）

畫蓮

你們說是她清純的美，感動了淚水奔放
我說不是的
是她冰清玉潔的靈氣，還有善良
透出內涵的清香

那些人扔石塊，扔爛泥巴，又有什麼用？
她正直寬宏的風度是海洋，是污穢不能擊敗的格言

你們欣賞的目光，袒露出你們的品味
她理解你們追求的是伯牙的琴音
儘管她從未期許，陽光的溫暖和風暴的殘忍洶湧而來
拒絕污泥的埋葬，但她欣然與你們一起編織詩意的光芒

為什麼一定要改變她呢？
難道你們要把她變成，萬花叢中普通的一朵
從此再也無法辨認
也許你們只是渴望把她捧在手上
並沒去想，滾滾的淚水，猜疑和中傷不斷地落下來
她是否會枯萎？那麼多的嚮往又將飄零何方？

幸運吧，柔弱的芬芳竟有幾分傲然的堅強
蓮花依舊，綻放著她純淨的夢，一瓣瓣，像詩一樣

（2016年1月2日）

致冰雪公主 18

走下來吧，從屏幕上
我有一個擁抱給你
冰清玉潔的雪蓮，與生俱來的魔力
一顆唯恐傷害他人的心
需要一點兒溫暖
還有你的不捨和放棄

鎖在門後的芬芳，隔絕世外的長笛
深藏多少旭日，黑夜，冰雪和荊棘
你沒告訴我，電影也沒有
但我聽見琴音的空弦渴望子期
來吧，閨蜜，一起聽流水拂過寂靜的日子
孤單的日子，激情澎湃的日子
笑起來吧，你的愛終於美好了世界
我真心祝福你！可是我的愛呢？

人世間，你應是那個最懂我的人
就像我如此懂你

（2016年）

18　看電影《冰雪奇緣（Frozen）》有感

海邊

海潮退去時

海浪輕聲唱

袒露的海灘挺起脊樑

握緊鹽

握緊消散的歲月

深棕色的沙不露一絲驚慌

請水鳥的足跡

蓋上生命印章

平靜的沙灘

吐出一串串氣泡

那是誰的夢

正香

（2016年10月9日）

秋葉

風兒吹來果香，吹走了
大雁。白雪的清涼近了
聽得見葉子在風中低吟

她們在唱什麼？

顫動的和絃，流露出幾分蕭瑟
像深秋遮不住的荒涼，還有磨不滅的激情
流連在生命的岸邊

葉子為何要離去？

在大雪抵達之前，她們用最後的愛
飛離枝頭，減輕樹的負荷。一隻隻彩蝶
在空中畫出弧線，似一串笑聲，飄出視線

竟然笑得那麼甜

（2012年12月19日）

雪

輕輕地，你飄入人間
冬天從此更像冬天

撩開靜謐，純淨的黎明
落入眼簾。潔白的韻律，舒緩
似燈盞，點亮原野的曠，山巒的厚，
樹木的細枝末節
一條幽靜的山路蜿蜒著溫暖

這季節的禮物，時空浩大
溫馨的絮語，一朵朵
飄落在山水間

（2015年2月13日）[19]

---

[19] 在美國到春分才算春天，現在還是大雪封山的冬天。

時差與生物鐘

舊照片

同學們說尋不見
銀河上浮動的瓜子臉
屏幕上跳出一張
學籍卡上的舊照片

邂逅，恰如一枚青橄欖

那時的一切簡單得
似晴朗的天，或者清晰的海岸
純淨的天然沒有雕琢
我的青春呦，就像閃光燈一閃

（2015年6月2日。發表在《詩殿堂》／
POETRY HALL，2019年第1期。）

往事

那一段往事

把我輕輕地吹走了

每一個枝節

都生出淡淡的清香

我踩著往昔的韻律

消失在月色裡

（2014年7月）

甦醒

總有一些美妙，飄然而至
俯身向我。呼喚著
像要喚醒
即將衝破黑暗的明朗

總有一絲祥和，撥開時光的幃簾
走入我的眼底。緩緩地
打開晨曦
天空漸漸長滿瑰麗的遐想

總有一片繽紛，揮毫山野
叩響我的門環。推開窗
盛裝的風景
靜靜地流淌清秀純淨的模樣

（2014年8月24日）

夢境

靜，沒有一絲雜音的面孔

似每日走過的蒼穹

熟悉又陌生

那麼寬，那麼遠，無垠

是我心邊的海

鋪開浩瀚的和平

我醒來

微笑睜大了眼睛

（2015年4月18日）

時差與生物鐘

十二小時時差無法達成協議

西半球的白晝是東半球的夜晚

生物鐘滴答滴答

睡眠節節敗退

電子郵件穿梭凌晨三點

腳步散落五點的黃埔江畔

八點的計程車，一天的會議

半寐半醒的下午兩點

挑戰僵持十二天

西半球生物鐘俯首稱臣

兩夜完整的睡眠，哦——

東半球生物鐘整裝西行

西半球的黑夜和東半球的白天

同樣不可調和

世界不會為任何個體妥協

個體不得不修剪枝蔓，適應世界

生物鐘病了

枕著地球的自轉

（2016年8月21日。發表在《詩殿堂》／
POETRY HALL，2019年第1期。）

平常的一天

這樣的日子，不需要鹽
糖，或者花椒面

平平淡淡的面孔
盛滿匆忙，節奏似鼓點兒
合上歡騰的電話鈴
無休無止的電子信函
合上火車廂一樣的會議
還有雪花翻飛的文件
給一個個事件畫上的句號
看一隻隻小船揚起帆

平常的一天，起伏萬千
酸甜苦辣都可能上演一遍

（2015年1月15日。發表在《詩殿堂》／
POETRY HALL，2019年第1期。）

堵車，一道都市風景

1

速度是一串問號
會議、信件、商場、飯店
讓它們等去吧
初升的太陽，早晨好

2

我們什麼都不做
一輛挨一輛，擠在高速公路上
一望無際的車陣
和我們一起
浪費有效的空間
浪費該節省的能源
浪費生命的小片段

3

前車的女士打開鏡子開始描眉
後車的先生舉起唐思都樂咖啡
我伸手摸出一個法式麵包
和緩緩蠕動的長蛇分享早餐
每一輛車都藏著一個世界
一花，一沙，一石正在上演

4

母親少年徒步四天的山路
現在是我清晨一小時的車程
假如里程像石碑一樣一動不動
堵車將加倍我消費的時間
時代的步伐進進退退
未來呼喚飛行的明天

5

事情排起長隊，在前方翹首

我欲加大油門，乘風飛去

無奈前有浩瀚的車海

後有絡繹不絕的車輪

左有無法提速的石牆

右有舉步維艱的同路人

寡不敵眾的我

陽光一樣燦爛

瀟瀟灑灑地敗下陣來

和紐約一起迎接嶄新的一天

（2015年12月7日）

工作日

起飛，降落
我騎著風馳電掣的駿馬

在講臺上，在會議室裡
在人聲嘈雜的飯店酒吧
思維浮出一粒粒清新的露珠
鹽的翅膀閃亮
融入團隊的韜略，合作者的文字
也被期待嘩啦啦地採納

鴿子在飛

卷起時鐘的滴答
哦，我累了
只想化做一片小小的雪花
飄入大地的懷抱
做一個晶瑩的夢
回——家——

（2015年1月22日）

啟程

這一天，有露珠攀上草葉

晨曦染紅山巒

這一天，有母親慈祥的微笑

有故鄉的小路

這一天，有愛人，孩子，朋友們

有晶瑩的亮光一閃

起身，斟一杯山的藍，海的闊

暢飲五彩繽紛的秋天

舉杯，祝福一個個花瓣一樣

合上的日子，和即將合上的日子

祝福陽光的溫暖，荊棘的磨練

祝福流經我生命的萬物和生靈

最後，祝福自己的隨意

走過多少顛簸

能夠一直佇立到今天

這一天，像陽光一樣抬起頭來

將目光舉高放遠

你看，未來敞開了大門
一隻鷹飛過我的窗前

（2015年10月23日。發表在《詩殿堂》／
POETRY HALL，2019年第1期。）

讓我們向前走吧

燕子回來了
嘰嘰喳喳地剪出晴朗朗的天
抹去我心頭有意無意的
提心吊膽

哈德遜山谷緩緩展開新春畫卷
柔嫩的綠意漾滿山巒。初生的蝴蝶在飛
楊柳枝，小花朵，青草地
蜜蜂清唱，溪水潺潺

為什麼不呢？做個朋友吧
在這陽光明媚的日子裡
小紅鳥，小藍鳥，鶇鳥，小麻雀
讓我們向前走吧，輕鬆地飛

也許我們會遇見一切
也許什麼也不會遇見

（2016年5月11日於紐約）

詩評與心得

「變」是詩歌創作的源泉

佛說：「世界是瞬息萬變的。」因此，變化是必然的，不變才是偶然的。

道理是這麼說，但是慣性是人的本能。就像遇見飛馳的大客車突然剎車，哪個乘客能保持直立不動呢？沒有！所有乘客都會不約而同地向前傾斜，有人甚至會向前邁上幾步。為什麼？因為慣性使然。對於大客車突然而來的速度變化，我們的身體在說「不」，依然期待沿著習慣的速度向前走。這就是環境變化和人的慣性之間產生的張力。剎車這個例子直接影響人的身體行為，也有一些變化會影響人的情緒和心境。如果環境變化能觸動詩人的心，引起詩人情感的共鳴，「變」就轉化成詩歌創作的源泉。

古今中外，許多詩歌寫出人生路上遇見的變，還有變對他們命運和情感的衝擊。例如蘇軾的《江城子·十年生死兩茫茫》，寫愛妻離世給他帶來的深切痛楚。詩句「不思量，自難忘」和「相顧無言，唯有淚千行」淋漓盡致地描繪出對亡妻無奈地思念。無獨有偶，雪萊也在《一朵凋謝的紫羅蘭》中寫出他對亡妻的眷戀。李清照的《聲聲慢·尋尋覓覓》傾訴了戰亂給人民帶來家破人亡的痛苦。「變」不一定都是壞事。金榜題名、洞房花

燭、老來得子、久旱逢甘霖、他鄉遇故知等等都是好的變化，讓人欣喜若狂的變化。喜悅同樣可以化作詩意，留下感人的詩句。例如，李白的《早發白帝城》中的詩句，「千里江陵一日還」和「輕舟已過萬重山」就是遭貶流放遇赦後的愉快心情。毛澤東的《沁園春・雪》，「北國風光，千里冰封，萬里雪飄」「欲與天公試比高」抒發了勝利之時的快樂心情和豪邁氣魄。普希金在《海燕》中以「讓暴風雨來得更猛烈些吧」歌頌向海燕一樣的人，歌頌了他們的勇敢頑強的精神。可見，如果外界環境變化，引起詩人情感上的大起大落，無論喜怒哀樂，都能激發詩人的藝術創造能力，創作出感人詩篇。西方有「憤怒出詩人」的說法正是這個道理。

「變」是詩人靈感的源，也是詩人創作詩歌的背景。但是在此背景下寫出來的詩歌，卻不一定被讀者接受為此背景的產物。詩歌一旦離開作者，它就是一個獨立的孩子，會站起來走自己的路，在讀者的參與中展開詩歌的外延。依據讀者的閱歷不同、處境不同和感情取向不同，詩歌和每一位讀者產生特有的共鳴。許多詩人都有這種經歷。一個最典型的例子是舒婷的《致橡樹》。

舒婷說她寫這首詩的時候，並不是一首情詩。從讀者的回饋中，我看見我的許多詩歌都含有多層次的含義。讀者以他們自己特有的經歷讀出他們需要的含義，讀出給他們安慰、理解和思考的含義。讀者給這些詩歌賦予了更遼闊的詩意和更深厚的內涵。讀者的熱愛給予這些詩歌更強的藝術生命力。

　　具有多層含義是我詩歌的一個特點，我的許多詩歌都表現出這個特點，組詩《公司改革素描》裡的詩歌也不例外。詩歌怎麼理解都沒有錯，因為不同的讀者可以和相同的詩句產生不同的共鳴。作為作者，我只能說激發我創作激情的具體因素，也就是創作這組詩特定的具體背景。這組詩是我在美國經歷公司改革時的所觀、所感、所悟。隨著企業全球化，公司為了生存，為了效益，不得不進行公司改革。於是大量公司收購、合併、重組、停產、裁員不斷發生。導致大批員工困惑、焦慮和失業。這種變革對人們心境、生活、命運和前程的影響深深地震撼我心靈，靈感洶湧而來，詩句嘩啦啦地落在紙上。這組詩有些是寫我的觀察、有些是寫我的體驗、有些是寫我的感悟。

描寫員工對公司將要進行改革的反應，我寫道「／／清晨的第一杯咖啡／像往日穿過苦澀的藤／遇到一縷清香／（《變》饒蕾）」表面上好像一點變化都沒有，可是員工的內心呢？對未卜前程的擔憂和焦慮真實地存在著。就像《變》的第二節描述的「／焦慮勝似秋天的落葉／在眾多面孔上紛飛抑揚」。這都是因為「／遍地公司突然成了積木／拆開，並起，遷移，打烊」。結果「一個浪頭打過來」，很多人失去了工作。就像「那麼多魚睡到沙灘上」。魚離開水就會死亡，許多公司遷往國外，大批大批的工廠停產，工人們失去工作，衣食住行的基本生活直接被挑戰，眼睜睜看著遍地企業單位在「沸騰」著。在《成長》裡我寫了員工身不由己的現象。「／／人不過是一枚棋子／被帷幄運籌／身不由己地登場／棋局的變數／點兵論將／／（《成長》饒蕾）」。公司要怎麼改，不取決於你幹得好壞，不取決於你是否有才能，而是取決於公司「棋局的變數」。在這種情況下，一些傑出員工、奉獻了一生的員工被迫下崗，「／／經年的行囊／不知他如何卷起／我不敢再看他的眼睛／／（《下崗的朋友》饒蕾）。一些從基層一步一步做到公司高管的員工，如日中天的事

業一落千丈,「//天空上,一隻鳥飛過……/突然,90度地轉折/她,似石,似雨,似自由落體//時間睜大了眼睛——//(《一隻鳥飛過》饒蕾)。有人沒有丟失工作,但在各種不如意的工作崗位上碾轉,就像《坎坷》中的主人公。無論自己被辭退,還是看著同事被辭退,都是一件憂傷的事情。但我看見人們在努力擺脫壓抑的氛圍,於是寫出「//月光流蘇,似詩意的雨/風信子的幽香,時高時低//(《春夜,詩意的雨》饒蕾),表達出生活還有美好的一面;又寫出「//我把淋濕的夢擰了又擰/只見星空一閃一閃,出奇地亮//(《仰望星空》饒蕾)」,描述人們心裡還有無法磨滅的希望。我也看見人們在逆境中,學會寬容,學會堅強。《冬夜》和《仰望星空》都是人們在人生歷練中成長的例子。經過一番血腥的周折,有的人安頓下來,可能擁有原來的工作,或者擁有更好的工作,心境轉憂為喜,正如《二十度的陽光》(饒蕾)。有人跳槽,在原單位辭職(《辭職》饒蕾),又意氣風發地展開夢想的翅膀,在新公司譜寫新的篇章(《嶄新》饒蕾)

公司改革的「變」不是舒適的沙發,而是突然拿走了所有的

座位。但是，這種「變」讓我們思考、讓我們改變、讓我們更理解生活的殘酷和機遇。我親眼目睹、也親身經歷了這種「變」對人的物質生活和精神生活的影響。我希望這樣疼痛的經歷永遠不發生在善良的人們身上。但是同時，我也感激這次歷練讓我更深刻地理解人生，更深刻地理解人，並給我靈感，寫出組詩《公司改革素描》。

藝術是反映時代的。這組詩反應了企業全球化時期美國工業界的變化，也反映了這種變化對人們生活、心情和命運的的影響。更重要的是這組詩歌用藝術表現人性、表現人心的善良、表現人心的堅強、表現人們對美好的嚮往和對事業的追求。

既然「世界是瞬息萬變的」，就讓我們以一顆不變的心去迎接萬變吧。

饒蕾2017年3月4日於紐約
（發表在美國《新大陸》詩刊，2017年10月第162期）

評非馬的詩《功夫茶》

　　第一次讀詩人非馬的這首《功夫茶》，我的眼睛立刻就模糊了。至今我已讀過它許多遍，可是這首詩依然能攪動我人性深處的情感和共鳴。《功夫茶》的意象很簡單，只有一個，就是「功夫茶」；但是它觸及的內涵覆蓋了生離死別、有家難回、無根漂泊的「三十多年的苦澀」，這也正是詩人非馬人生經歷和情感糾結的真實寫照。一句「不堪細啜」掩映起層層遞進的「苦難和折磨」。而詩人以「一仰而盡」的氣度吞下了它，塑造出一個寬宏大量、氣宇軒昂的藝術形象。詩貴在曲。詩人並沒有就此擱筆，而是筆鋒一轉勾勒出另一個不同的藝術角色：「您」。「您」是笑著的，「您」說「好茶／該慢慢品嘗」。假如「您」是一個不理解飲者「三十多年的苦澀」的人，這種出其不意的殘酷對照，進一步襯托出了飲者更深入的疼痛，就像功夫茶的味道裡的苦一點點浮上來。倘若「您」是一個曾與飲者同甘共苦的人，「您」的涵養修煉則是更高一籌，「就是在認清生活真相之後依然熱愛生活」[20]的人，那個羅曼・羅蘭所說的「真正的英雄」，令人肅

---

[20] 羅曼・羅蘭說：「只有一種英雄主義，就是在認清生活真相之後依然熱愛生活。」

然起敬。非馬這首詩以短短六行成功地塑造了兩三個鮮活的藝術形象，描述出世態炎涼和曲折的人生，表達出震撼人心的情感、人性還有人與人之間的關係，實在是難能可貴。

（2016年6月3日於紐約，發表在美國《新大陸》2016年第156期）

《功夫茶》

非馬

一仰而盡
三十多年的苦澀
不堪細啜

您卻笑著說
好茶
該慢慢品嘗

後記

　　每個生命都有一個源頭，又都要趕赴明天。晝夜交替，四季輪迴，我們的人生曲線一次又一次踏上輪迴的門檻。輪迴是生命的必經之路，是人生的一種體驗，一種紀念，也是一種開始。碰巧，我寫的一首詩歌也叫《輪迴》。我很偏愛這首詩，於是選《輪迴》作這本詩集的名字。

　　這是我的第三部個人詩集，大部分詩歌創作於2014-2016年。我第一次採用短章的形式整理一本詩集，感覺短章有短章的好處，主題比較集中，停歇更加自如。《輪迴》由十二個輯子組成，每輯收入10-20首詩歌。它們是「輪迴」「公司改革素描」「夢裡尋她千百度」「我的名字在羅馬尼亞流行」「飛機上的人生」「長調」「平凡的日子」「季節的旁白」「我可以唱嗎」「和平，那些美好的」「時差和生物鐘」和「詩評與心得」。這本詩集共收入150首詩歌，1篇詩寫心得和1篇詩歌評論。

　　不同於前兩本詩集《遠航》和《晚風的絲帶》，《輪迴》增添了反應現實社會的幾組詩歌。第二輯「公司改革素描」敘述了公司改革對員工事業、生活和情感的衝擊。第三輯「飛機上的人生」記錄了大千世界中人類個體的命運和人性的善惡。值得一

提的還有第六輯「長調」，它突破了我只寫短詩的格局，展示出幾首較長的詩歌。這本書還收入了我的第一篇詩評「評非馬的詩《功夫茶》」。詩評很短，但是我的第一次嘗試。這些都是我詩歌寫作上的「新氣象」。當然大部分詩歌依然保持我的傳統詩歌創作內容和風格，但是增添了嶄新的生活、思想和視角。希望你們能在「輪迴」「夢裡尋她千百度」「我的名字在羅馬尼亞流行」「平凡的日子」「季節的旁白」「時差與生物鐘」等輯子中找到許多例子。我筆寫我心。無論是寫我的故事還是我看到的故事，詩裡的性情、思想、情感、體驗和感悟都是我的。每一首詩都是我被感動之時，抒發的真情實感。我希望這本詩集能把我的愛心、哲思、詩意和美感帶給讀者，也把我面對「變」的感悟帶給讀者，能給讀者一些借鑒。

看到整理出來的詩集，我很欣慰。這是我異常繁忙的幾年，加上在工作、生活和創作中經歷一些變故，能堅持寫詩變成一件非常不容易的事兒。我做到了，並且取得了微小的突破（我自己認為。笑！）。自我感覺對得起度過的時間，是一種安慰。這一段我也邂逅許多幸運。我有幸加入北美中文作家協會，有機會參

加僑報俱樂部的活動，參加著名詩人王渝和嚴力在紐約主持的詩歌朗誦會。我很榮幸知道許多素不相識的詩人都讀過我的詩歌，有些詩人告訴我，他們和他們在中國大陸的朋友們都早已是我詩歌的粉絲。這對我來說既是驚喜，又是鼓勵。因此，我真心地感謝我的讀者和粉絲，感謝你們給我的鼓勵和寫作動力。我還要感謝幫助我、鼓勵我的老師和文友們。特別感謝洋滔、左岸、非馬、王渝、羅繼仁、簡明、陳銘華、嚴力、王鼎鈞和宣樹錚等老師們的鼓勵和栽培！特別感謝陳瑞琳、江嵐、梓櫻、楓雨、後街、我是圓的、江飛、洪君植、唐簡、應帆、南茜、常少宏、二湘和顧月華等許多詩友和文友的鼓勵和支持！特別感謝我的各位親人、老師和同學們的大力支持！最後我還要感謝我的母親、愛人和孩子們的大力支持！感謝他們不斷地提醒我注意勞逸結合，身體的重要性；感謝他們給我的愛心。還有許多給我幫助和鼓勵的人，我無法一一提及，請您多多包涵，在這裡我一併感謝！感謝一路有您！

有趣的是完成這本詩集，也像在完成一個輪迴。總結我從2014到2016年的詩歌創作，給它畫一個句號，作為自己一段詩歌寫作的歷史封存。然後，輕鬆地走向新的起點，迎接新的挑戰。

　　　　　　　　　　　饒蕾2018年12月28日於紐約家中。

語言文學類　PG2338　秀詩人65

輪迴

作　　者/饒　蕾
責任編輯/洪聖翔
圖文排版/林宛榆
封面設計/王嵩賀

發　行　人/宋政坤
法律顧問/毛國樑　律師
出版發行/秀威資訊科技股份有限公司
　　　　114台北市內湖區瑞光路76巷65號1樓
　　　　電話：+886-2-2796-3638　傳真：+886-2-2796-1377
　　　　http://www.showwe.com.tw
劃撥帳號/19563868　戶名：秀威資訊科技股份有限公司
　　　　讀者服務信箱：service@showwe.com.tw
展售門市/國家書店（松江門市）
　　　　104台北市中山區松江路209號1樓
　　　　電話：+886-2-2518-0207　傳真：+886-2-2518-0778
網路訂購/秀威網路書店：https://store.showwe.tw
　　　　國家網路書店：https://www.govbooks.com.tw

2019年10月　BOD一版
定價：360元
版權所有　翻印必究
本書如有缺頁、破損或裝訂錯誤，請寄回更換

國家圖書館出版品預行編目

輪迴 / 饒蕾著. -- 一版. -- 臺北市:秀威資訊
科技, 2019.10
    面; 公分. -- (語言文學類;PG2338)
(秀詩人;65)
    BOD版
    ISBN 978-986-326-734-8(平裝)

874.51   108014173

讀 者 回 函 卡

感謝您購買本書，為提升服務品質，請填妥以下資料，將讀者回函卡直接寄
回或傳真本公司，收到您的寶貴意見後，我們會收藏記錄及檢討，謝謝！
如您需要了解本公司最新出版書目、購書優惠或企劃活動，歡迎您上網查詢
或下載相關資料：http:// www.showwe.com.tw

您購買的書名：_____

出生日期：_____年_____月_____日

學歷：□高中 (含) 以下　　□大專　　□研究所 (含) 以上

職業：□製造業　□金融業　□資訊業　□軍警　□傳播業　□自由業
　　　□服務業　□公務員　□教職　　□學生　□家管　　□其它____

購書地點：□網路書店　□實體書店　□書展　□郵購　□贈閱　□其他

您從何得知本書的消息？

　　□網路書店　□實體書店　□網路搜尋　□電子報　□書訊　□雜誌

　　□傳播媒體　□親友推薦　□網站推薦　□部落格　□其他_____

您對本書的評價：（請填代號　1.非常滿意　2.滿意　3.尚可　4.再改進）

　　封面設計____　版面編排____　內容____　文／譯筆____　價格____

讀完書後您覺得：

□很有收穫　□有收穫　□收穫不多　□沒收穫

對我們的建議：_____

_____

_____

_____

11466
台北市內湖區瑞光路 76 巷 65 號 1 樓

秀威資訊科技股份有限公司 　　　收

BOD 數位出版事業部

....

（請沿線對折寄回，謝謝！）

姓　　名：_____　年齡：_____　性別：□女　□男

郵遞區號：□□□□□

地　　址：_____

聯絡電話：(日) _____ (夜) _____

E-mail：_____